KB126406

영원과 하루

영원과 하루

유계영 박소란 백은선 이혜미 김선오 손미 김연덕 김복희 서윤후

타이피스트

모쪼록 이 한 권의 책이 영원과 하루를 사는

모든 시인들에게 가닿기를 바랍니다.

| 차례 |

■ 일러두기

－ 단행본과 잡지, 신문은 『 』, 산문과 시는 「 」로, 영화와 곡명, 작품명은 〈 〉
로 표시했다.
－ 맞춤법과 외래어 표기는 국립국어원 표준국어대사전과 두산대백과 사전을
우선적으로 따랐으며, 관용적인 표기와 동떨어진 경우 절충하여 실용적 표
기에 따랐다.

우리 옆에 있는
한 사람

우리 옆에 있는
한 사람

시를 쓴다는 건 어떤 의미일까. 시인이 바라보는 세상은 조금 다른 세상일까. 한때 이런 생각을 한 적이 있습니다. 저는 시를 쓰는 사람입니다. 오랜 시간 동안 시를 쓰고 있지만, 아직도 시를 잘 안다고는 말할 수 없습니다. 내가 가고 있는 이 오솔길의 어둠과, 아스팔트의 고단함과, 백사장의 축축함을 지나는 과정이 시가 되는 거라고 생각할 따름입니다. 시를 쓰면 남다른 생을 살게 되는 것이 아니었습니다. 습관처럼 하루는 쓰고 하루는 지우며, 자신이 쓴 문장을 먼 풍경처럼 바라보게 되는 것, 주변의 빛과 사물들이 하나의 질문이 되고, 그 질문에 맞는 답을 찾고 있을 뿐입니다.

혼자 책상에 앉아 시를 쓰다 막막해질 때면 누군가와 대화하고 싶었습니다. 나와 같은 고민을 하고 있는 사람. 비록 선명하진 않지만, 나의 물음에 다정하게 방향을 가리켜 줄 사람— "저 언덕을 넘어 가파른 숲길을 지나면 얼음 호수가 나올 거야" 같은 대답 말입니다. 나는 이렇게 시를 쓰고 있어. 당신이 생각하는 시는 나와 다르게 움직이는구나. 테이블을 사이에 두고 마주 앉아 뭉근한 대화를 나눌 수 있는 사람. 그리고 나도 당신도 시를 쓰는 시간에는 아픈 어깨로 스탠드 불빛에 의지해 겨우 써나가는구나, 그런 따듯한 목소리 한 줌. 이 책은 그때 필요했던, 그리고 지금도 여전히 필요한 한 사람을 만나는 공간이 될 것입니다.

이 한 권의 책에 시에 대한 모든 대답이 들어 있진 않지만, 아홉 명의 시인이 전하는 이야기 속에는 우리가 시를 쓸 때 마주치게 되는 여러 장면들이 있습니다. 시간과 공간과 몸과 기억 들이 서로 만나는 문장들. 그 안에 시인들의 고민과 창작 노하우가 고스란히 담겨 있습니다. 더불어 최근의 시적 경향을 체감할 수 있도록 시인들의 근작시를 함께 수록하였습니다. 시란 무엇인지, 시적 사유는 어떻게 길러야 하는지, 일상의 어떤 순간에 시가 찾아오는지, 시를 쓰면서 고군분투했던 경험과 스스로 질문하고 답했던 기록들이 어쩌면 우리가 찾는 시에 대한 대답이 될 지도 모르겠습니다.

시인이란 어떤 사람들일까요? 저는 그들을 하루를 살면서도 영원을 꿈꾸며 쓰는 사람들이라고 생각합니다. 이 책의 제목 "영원과 하루"는 테오 앙겔로풀로스 감독의 영화에서 인용했지만, "영원과 하루"만큼 시인을 잘 표현할 수 있는 단어를 저는 아직 알지 못합니다. 생활인으로서의 시인, 쓰는 이로서의 시인, 꿈과 영원을 간구하는 시인, 그들은 모두 우리 옆에 있는 한 사람입니다. 이 책이 여러분에게 그런 다정하고 따뜻한 사람이 되었으면 합니다.

— 편집자 박은정

시는 빛으로 이루어진 층계다

시는 어둠 속에서 펼쳐 보는 일기장이다

시는 가장 처음 배운 외국 말이다

시는 불속에서 녹아내리는 뼈

손끝에서 터지는 한발의 총성

노래를 듣는 순간 떠오르는 과거의 풍경이다

유계영

2010년 『현대문학』 신인추천으로 작품 활동을 시작했
다. 시집 『온갖 것들의 낮』 『이제는 순수를 말할 수 있을
것 같다』 『이런 얘기는 좀 어지러운가』 『지금부터는 나
의 입장』, 산문집 『꼭대기의 수줍음』이 있다. 제5회 영남
일보 <구상문학상>을 수상했다.

나란한 우리,
개와 고양이와
여인초와 나

나란한 우리,
개와 고양이와
여인초와 나

0.

할 수 있는 한 가장 정직한 방법으로 써보려고 한다. 나는 시 쓰기에 대해 쉽고 재미있게 말하는 방법을 모른다. 속으로만 삼키는 말을 익히게 해주었던 유년의 일들, 시를 쓰고 배우며 겪었던 대학 시절의 일들로 이 글을 완성할 수도 있겠다. 하지만 그건 너무 많이 말해서 지겨운데다, 건널 수 없이 까마득한 시절처럼 느껴지기도, 두 시간 전의 일처럼 느껴지기도 한다. 애써 궁리한다면 시에 대한 명랑한 비유를 늘어놓으며 재치를 뽐낼 수도, 미문을 동원하여 시 쓰기가 아름답고 탐스럽기만 한 일처럼 느껴지도록 할 수도 있을 것이다. 하지만 나의 시 쓰기와는 전혀 무관한 일이다. 나는 최대한 나의 쓰기에 따르는 실천을 수사 없이 말해 보고 싶다. 그러자면 이 글이 좀 진지하고 따분해지는 일은 피할 수 없겠는데…… 도리가 없다. 우스꽝스러울 지경으로 진지해 보일지라도 도리가 없다. 쓰기는 고독한 일이다. 시 쓰기에 대한 고백 또한 기댈 곳 없어 외롭고, 붙잡을 것 없어 비틀거리는, 비스듬히 홀로 서는 일일 터.

1. '몸'에서 출발하기

몸으로 돌아오자. 내가 나 자신에게 하는 말이다. 쓰기에 앞서 나는 이 과정을 생략해 본 일이 없다. 몸으로 돌아오는 방법은 이렇다. 지표면을 지그시 밀어 올리며 선다. 허벅지, 종아리, 발목의 힘을 차례대로 느끼면서 몸의 무게를 발바닥으로 느낀다. 양팔을 교차하여 상체를 힘주어 안는다. 손바닥으로 몸의 이곳저곳을 두드린다. 가까운 사물들을 가만히 만져 보는 것도 좋다. 끝까지 깊은 숨을 들이쉰다. 명치가 뻐근하게 느껴질 때까지 느리고 깊게. 나는 몸으로 돌아오는 중이다. 피부로, 안구와 콧구멍과 고막으로,

내장들로, 근육과 뼈로 돌아오는 중이다. (이럴 수가! 후일 나는 이 동작들이 국가 트라우마 센터에서 권장하는 안정화 기법들과 똑같다는 사실을 알고 깜짝 놀랐다. 착지법, 나비포옹법 등으로 부르는데, 실체 없는 두려움, 불안, 우울을 다스리고 지금 여기의 몸으로 의식을 되돌리는 방법이라고 한다. 나는 본능적으로 쓰기 이전 불안과 우울을 비우고, 나를 맑은 상태의 몸으로 되돌려 놓으려 했던 것이었을까. 바로 보기 위해 안경을 닦는 과정 말이다.)

실패가 짓밟고 간 적 없는 터앝처럼. 틔워 올릴 준비를 마친 몸이 되는 것. 몸의 느낌, 감각으로 지금 여기를 싹 틔우기. 내가 나무 책상의 표면 위에 손바닥을 펼쳐 올리면 (손을 펼치면 손이 펼쳐지고 팔을 올리면 팔이 올라간다는 것은 왜 놀랄 일이 아닌지!) 내 손바닥에 서늘한 나무 책상의 온도가 툭 달라붙는다. 손바닥만큼의 면적으로 나의 체온이 나무 책상을 비춘다. 책상의 일부에 닿아 있는 내 몸의 일부 또한 켜진다. 적외선 카메라가 보여 주듯이. 나는 나무 책상에 대한 생각을 쓰지 않는다. 다만 나무 책상에 닿아 켜진, 몸의 일에 대해 쓸 수 있다.

'나'는 생각하기 때문에 존재하는 것이 아니라, 감각하기 때문에 존재한다. 적어도 시의 세계에선 그렇다. 그런데 감각은 사실이 아니다. 감각은 완전히 속아 주는 쪽이다. 그러나 '나'에게만큼은 몸의 사실이다. 감각이야말로 몸이 겪는 사실이다. '나'는 처음부터 '나'로 있는데 왜 더욱 '나'로 도달해야 하는지, '나'는 애당초 몸으로 있는데 왜 몸으로 돌아온다고 말해야 하는지, 싶을 수도 있겠지. 그러나 우리는 현실의 대부분 몸에 기거하지 않는다. 머릿속에서 지낸다. 비교하고 예측하고 대비하며 계획하고 선행한다. 생각으로 산다. 눈으로 보는 것, 코로 맡는 것, 귀로 듣는 것, 피부에 닿는 것, 위장이 꿈틀거리는 것으로 살지 않는다. 옳고 그른 것에 대해 판단하기, 의미와 무의미에 대해 구별 짓기, 합리와 불합리에 대해 속셈하기로 산다. 과거를 해석하고 현재를 계측하며 미래를 예상하면서 산다. '나'는 생각의 무게 때문에 앞으로 고꾸라질 지경이다. 머릿속은 늘 판단으로 북적거리며 의미로 시끄럽다. 그러나 시의 세계에서만큼은 몸의 느낌에 특별한 지위를 부여할 수 있다. 앞서 말한 바처럼 감각은 '나'의 몸이 겪는 사실이자 시의 사실이므로. 몸의 일이라는 점에서 현실과도 닿으므로. 나의 몸. 여기서 출발해 보는 것이다.

2. '생각'에서 탈출하기

나는 '생각'을 의심한다. 언어를 믿지 않기 때문이다. 언어는 추상이고 관념이라 실체와는 거리가 있다. 언어의 징검돌만을 딛고 전개되는 '생각'이라면 의심할 것도 없다. (불신이다!) 나의 관념적 사유는 계급과 사회, 문화와 교육, 정치와 시대의 맥락을 크게 벗어나지 못하며, 타인의 지혜와 공동체의 가르침을 빌린 것이고, 그것을 개인적인 차원에서 검토하기란 거의 불가능하다. 내가 멍청하기 때문에 그런 거라면 차라리 좋을 텐데. 그럼 세상의 혼돈을 구경하는 일만으로도 코가 빠지는 줄 모를 테니. 타인의 '생각'을 묻고 듣는 것만으로도 악기이고 음악일 테니. 고유하고 독자적인 사유를 할 수 있다는 허황된 생각과는 최대한 멀어져야 한다. 언어를 도구로 '생각'하는 한 나만 쓸 수 있는 시라는 건 경쟁적인 판타지에 가깝다.

돌이켜 보면 나는 참 오랫동안 '개성'이 무엇인지 골몰해왔다. 아마도 예술의 주변부를 얼쩡거리는 동안 마주친 (나만의 시를 써야 한다는, 나만의 이야기를 하라는 등의 피상적인) '개성'에 대한 요청들 때문이었으리. 틀렸다고만 할 순 없지만 이 요청은 오해하기 쉽다. 아무도 밟은 적 없는 흰 눈밭에 첫 발자국을 찍어야 한다는 듯이, 쓰는 우리를, 내면의 불모지에 대한 갈증으로 허덕이게 만든다. 자신의 한계를 깨부수기 위해 스스로를 학대하거나, 타인과의 소중한 관계망을 제 손으로 훼손하여 칠흑 같은 고립으로 자처해 들어가기도 한다. (기행과 일탈이 일깨우는 것이 아무것도 없다고 치워 버리려는 것은 아니다. 단지 기행과 일탈이 개성을 위한 지침이 되는 것도, 예술을 명분으로 온갖 부도덕한 일들이 낭만화되는 것도 참을 수 없다!) 특별한 삶의 경험만이 자신을 특별한 존재로 거듭나게 해주는 것은 아닐 것이다. 존재한다는 것은 이미 그 자체로 개별적인 맥락을 지니는 '몸'이 되는 일이니까. 심원한 경지의 사유와 관점을 점유하기 위해 스스로를 망가뜨릴 이유가 없는 것이다. 우리의 시가 다만 언어에서 출발한 어떤 관점에 불과하다면, 그것은 언어에 이미 포함되어 있던 것이지 누구의 개성도 아닐 것이므로. 나는 벌써 '나'로 유일하고, 이 유일함이야말로 도처에 널려, 가장 흔하다. 존재 자체로 빛이 난다는 말은 내가 (로맨스 영화가 아니라) 시를 통해 배운 세상의 뜨거운 비밀 중 하나다. 시의 눈으로 볼 때 세상은 눈이 멀어 버릴 지경으로 빛나고 눈부신 존재들의 장소다.

'나'만의 시를 쓰라는, 개성에 대한 요청은 '나'의 몸이 겪는 사실, '나'의 느낌을 드러내야 한다는 의미가 아닐까. 그래서 어쩌면 우리 시대의 시 창작법은 애초에 정답이 없다. '너'의 느낌은 언제나 옳다. 아니, 언제나 좋다. 아니, 언제나 있다. 적어도 시의 세계에선 그렇다.

　그러므로 우리는 각기 고유한 느낌 안에서 나란하다. 몸의 느낌이라면 보다 수준 높은 것도, 유치할 것도 없다. 문학박사의 언어와 어린이의 언어가 구사력의 차원에서 또, 이성과 지혜의 차원에서 품계를 나눌 수 있을지언정, 문학박사의 느낌과 어린이의 느낌은 나란할 뿐이다. 우리는 몸으로 나란한 수평이다. '나'는 '나'의 몸 바깥으로 나갈 수 없고, '너'의 몸으로 건너갈 수 없기 때문에, '너'는 미지이고 신비다. 우리는 서로에게 존재만으로도 미지이자 신비다. 그래서 사랑할 수 있다. 비유적인가. 이 글에선 최대한 비유를 제외해 보기로 했으니 조금 더 정확하게 짚자면…… '몸'을 포개어 볼 수는 있겠다. 닿아 볼 수 있고, 겹쳐 볼 수 있고, 가까이 다가가 섞여 볼 수 있겠다.

3. 개의 마음도 고양이의 느낌도 여인초의 피로도 읽을 수 없지만

나의 집에는 다종다양한 존재들이 산다. 38세 여성 사람이 하나, 34세 남성 사람이 하나, 여덟 살 시추 개 하나, 두 살 한국 고양이 하나, 스물여섯 종의 (나이를 추적할 수 없는) 식물이 스물여덟 개의 다른 화분에 심겨져 있다. 내가 겪은 바로 개는 마음의 신을 따르고 고양이는 감각의 신을, 식물들은 패턴의 신을 따른다. 모시는 신들에 충실한 '몸'들이다.

때때로 나는 나를 제외한 '몸'의 안부를 궁금해한다. 개는 따분할까? 고양이는 왜 그럴까? 여인초는 쾌적할까? 나의 물음에 그들은 언어로써 대답하지 않는다. 대답한다 해도 읽을 수 없겠지만. 개는 얕은 언덕처럼 몸을 돌돌 말고 누워 그저 가만하다. 종의 성격이 원체 인내심이 많고 점잖다고는 하지만 남다른 뚝심을 보여 준다. 얼굴은 대체로 사색하는 표정. 정말로 사색하고 있는지는 알 수 없어도. 나와 함께하는 시간에 대한 믿음으로 온전하다. 마음에 붙박인 몸이다. 한편 활력이 넘치는 두 살짜리 고양이는 사고뭉치다. (다시 말해 감각은 속는 쪽이라서 그렇다.) 커피 얼룩을 닦은 티슈 공을 테이블 위에 올려 두면 톡톡 쳐서 무조건 떨어뜨린다. 책상 위에 잠깐 올려 둔 볼펜도 어김없다. 어디선가 바스락거리는 소리가 들려 가보면 비닐봉지 따위를 자근자근 씹고 있다. 살짝 열린 문틈이 있으면 서랍이든 찬장이든 잽싸게 몸을 밀어 넣는다. 창밖의 새들을 구경하고 있을 때가 그나마 내가 안심할 수 있는 시간이랄까. 도대체 왜. 나는 고양이가 왜 그러는지 알고 싶었다. 그러다 문득, 동그랗게 뭉쳐 둔 티슈 공을 보다가 알게 되었다. 정물 상태에서의 공은 구르고 싶고, 어떤 힘이 굴려 주기를 기다리고 있다는 감각의 사실을. '몸'의 형태가 곧 내용이고 말인 것이다. 살짝 열린 문틈 또한 그렇다. 벌어진 문틈 사이로 토실토실 살이 오른 너머의 어둠이 장력을 발휘하고 있었던 것이다. 고양이는 언어적 의지로 그곳에 들어서는 것이 아니다. 감각으로 빨려 들어간다. 몸의 자명한 사실이다!

창가의 나란한 식물들. 나무들은 모두 다른 형태를 띠고 있다. (몇몇은 같은 수종이라는 것을 믿을 수 없을 정도로 다르다.) 중심에서 주변으로, 깊이에서 높이로, 에너지를 이

동시키며 계절의 패턴을 따라 몸을 벌리지만, '몸'의 형태가 곧 내용이고 말이라고 할 때, 그들은 같은 유전자 정보를 가지고도 다른 맥락 속에서 다르게 말해지는 중이다. 나는 사물에게서 동식물에게서 타자에게서, 각기 다른 세계가 감각된다는 '몸'의 사실이 그저 놀랍다. 이제 알 것 같다. 시는 단 하나의 절대적 진리로 모여드는 것이 아니다. 하나의 중심에서 주변으로, 깊이에서 높이로 몸을 벌리고 절대를 무너뜨리며 흩어진다. 나의 언어는 개의 마음도 고양이의 느낌도 여인초의 피로도 읽을 수 없지만, 시를 통해 그것을 감각할 수 있다. 언어로써 사유하며 추측하지 않고, 나란한 몸을 가진 존재로서. 사랑의 방식으로 쓰다듬어 볼 수 있다.

시 쓰기가 세상을 사랑스럽게 바라보는 일이라고 말하면 어떻게 들릴까. 그래서 쉼 없이 쏘다니다 사방에 매설된 행복과 불행을 밟고 터지기 일쑤인 일이라고. 그래서 고통스러운 일이라고 말한다면 엄살처럼 들릴까. 나는 시 쓰기가 좋다. 내 고통의 주인이 '나'인 것이 좋고, 네 고통의 주인이 너인 것이 좋다. 저마다의 '몸'에서 다른 세계가 동시 상영되고 있다는 것이 경이롭다.

Poem

태풍 클럽

열매들

태풍 클럽*

피정을 마치고 돌아왔어요
나의 집이 온데간데없어서
낙엽 더미를 끌어모아
덮고 잤어요

잎사귀 끝이 뾰족하여서
빈틈의 끝도 뾰족했어요
나는 밤새 찔려 이슬
이슬 앓아야 했어요

대합실 텔레비전에서 봤어요 간판과 지붕이
새처럼 날아가고 개와 돼지들이
국경을 넘고

그런데도 잎사귀 한 장이

---

* 소마이 신지의 영화 <태풍 클럽> (1985)에서 빌려옴.

나무의 몸서리에 매달려
떨어지지 않는 것을 봤어요
끝에서 끝으로
불씨가 옮겨붙듯이
잎사귀 한 장이
나무를 지탱하는 것을요

맑은 물을 띄우려면 흙탕물이 가라앉기를
기다려야 하고 춤이 오려면
고통을 흔들어야 하지요

내가 가장 빨리 비를 봤어요
나의 집이 온데간데없길래
낙엽을 모았어요

귓바퀴에 엉겅퀴

풀씨 흔들리는 줄도 모르고
잠들었어요

타오르는 나무를 둘러싸고
바비큐를 기다리는 사람들
춤추고 있어요

그때 당신이 날 들어 올렸나요?
우리 집 마당에 웬 동물이야?
그렇게 말했나요?

열매들

놀이터가 우거집니다
헤어지고 있기 때문에 윤곽선이 더 밝습니다

아이가 삭정이를 주워다 모래사장에 꽂고 있습니다
뭘 만드니? 물어보면 나무 만들어요 그럽니다
나무로 나무를 만든다고? 내가 웃으면
훔쳐 온 걸로 내 걸 만들어요 엄정하게 고쳐 말합니다

내가 낳은 것이 나를 닮은 난감함을 어떻게 견딥니까?
한 손에 돌멩이를 쥐고 생각합니다
한때 바윗덩어리의 깊은 심방이었던 것이지요

뒤집어 입으면
나는 티셔츠의 바깥에 있습니다 쫓겨난 것 같습니다
 실례되지 않는다면 들어가도 되겠습니까? 묻는 쪽은 나
인데 닫힌 문

안에서 두드리는 소리

나는 알게 되었습니다 오른손으로 왼손을 붙잡고 기도
하게 되었을 때
사물이 스스로 터지지 않기 위해 안간힘 상태라는 것

모래에 삭정이를 꽂아 만든 정원에도 포도가 영글고

철거 대상 빌라의 벽면을 따라 인부가 상승 중입니다
스카이차 바가지에 담겨
공중에서 그는
빵도 먹습니다

박소란

2009년 『문학수첩』으로 작품 활동을 시작했다. 시집
『심장에 가까운 말』『한 사람의 닫힌 문』『있다』가 있다.
<신동엽문학상> <내일의한국작가상> <노작문학상>을
수상했다.

생활이라는

감각

생활이라는
감각

얼마 전 한 대학 문예창작과 학생들과 만나 이야기를 나눌 기회가 있었다. 특강이라는 명목으로 마련된 단출한 자리였다. 갖가지 질문을 받았고, 공통된 질문이 여럿이었고, 그 여럿 가운데 특히 인상적인 질문은 이런 것이었다. "꿈과 현실이 계속 부딪혀요. 앞으로 직장도 구하고 돈도 벌어야 할 텐데, 계속 시만 바라볼 수 있을까요? 언제까지 시라는 욕심을 부려도 좋을까요?" 질문의 주인은 지금 어떤 갈림길에 서 있는 듯 보였다. 졸업을 앞두고 있다는 그는 이후 대학원에 진학해 공부를 지속할 수도, 대학원과는 무관하게 혼자 창작에 몰두할 얼마간의 시간을 마련할 수도,

40

곧장 취업을 해 본격적인 사회생활을 시작할 수도 있을 것이다. 질문을 통해 사정을 헤아려 보자면 아무래도 상황은 후자 쪽으로 기운 듯했다. 그 사정이란 으레 짐작 가능한 것이다. 우리는 대체로 일이며 돈이며 하는 여러 현실적 요건에서 자유로울 수 없으니. 시가 번듯한 직장이 되어 준다면 좋겠지만 그런 건 요원한 일임을 익히 알고 있으니.

시를 공부하는 주변의 여러 후배들 역시 비슷한 고민을 토로하곤 한다. 문예창작을 전공한 경우든 아니든, 한 번쯤 이런 고민 앞에 서게 되는 것이다. 나 역시 잘 알고 있다. 오롯이 시에만 집중할 수 없는 여건이 얼마나 힘겨운지. 생활의 자질구레함이 쓰고자 하는 당장의 시간이며 열정을 얼마나 훼손하는지도. 질문에 가까스로 답하기를, 나는 그냥 "조금 이기적이 되어도 좋지 않을까요?" 했다. 시만 쓰며 유유자적 살 수는 없을 테지만, 최대한 시간을 벌어 보세요. 시 아닌 다른 것이 섣불리 일 순위가 되지 않도록, 모쪼록 우선순위를 계속해서 시에 둘 수 있도록.

집으로 돌아오는 동안 나는 조금 복잡한 마음이었다. 내 속에는 상반된 두 가지 생각이 한데 엉켜 있었다. 하나는 한때의 내가 얼마나 힘들게 직장 생활과 시 쓰기를 병행해야 했던가, 하는 것이다. 시와는 너무도 먼 듯한 사무 공간에 섬처럼 둥둥 떠 있던 나 자신의 모습을 떠올리자니 금세 스스로에 대한 연민마저 일었다. 대학 졸업 전 직장 생활을 시작한 나는 공부를 할 것인가, 돈을 벌 것인가 하는 고민을 진지하게 해볼 겨를도 없이 어리바리 사회인이 되었다. 일을 하며 시를 쓴다는 건 역시나 쉽지 않았다. 경제적 여유가 있었다면 이런 삶을 택하지 않았을 텐데, 하는 원망 섞인 생각도 많이 했다. 야근과 특근이 반복되는 가운데 나는 금세 시를 잊었다. 그러는 사이 시인이 되고 싶다는 열망은 사실 아주 막연한 것에 불과했다고 여겼다. 학창 시절 잠시 잠깐의 객기에 가까운 것이었다고. 애써 자위했다. 그리고 몇 년 뒤 그간 차곡차곡 누적되었던 헛헛함이 한꺼번에 밀려왔다. 산다는 게 고작 이런 거라니, 이런 게 전부라니! 아무 성취도 의미도 느낄 수 없는 시간을 그저 영위한다는 생각이 들었고, 그 나날을 견딜 수 없었다. 정신이 번쩍 들었다. 습관처럼 다시금 시를 떠올렸고, 일련의 과정이 있었고, 이후 운이 좋아 시인이 되었으나…… 예상하듯 상황은 별반 나아지지 않았다.

생활은 조금도 달라지지 않았다. 드문드문 원고 청탁을 받기도 했지만, 그럴 때면 내 나름으로 애를 써보고도 싶었지만, 나는 대체로 사무실에 있었다. 언젠가 늦은 시각까지 야근을 하며 괜히 서러워지는 바람에 파티션 아래로 고개를 떨구고 남몰래 조금 울먹였던 적도 있다. 시 마감을 앞두고 대책 없이 엉망진창인 원고를 출력해 호주머니 속에 넣어 둔 채였다. 어쩔 도리도 없이, 그 구겨진 걸 만지작거리면서. 스스로에 대한 불만과 불안을 모두 직장 탓으로 돌릴 수는 없는 노릇이겠지만, 이는 물론 두 가지 이상의 일을 병행하는 이라면 누구든 겪어 내야 하는 일임에 자명하겠지만, 막상 좋아하는 일에 제대로 된 시간과 노력을 다하지 못한 데서 오는 자괴감, 절망감은 힘겨운 것이었다. 그러므로 조금 전 질문이, 그 질문을 던지던 학생의 망연한 표정이 쉽게 넘겨지지 않았다.

한편, 전혀 다른 생각이 그 사이사이 어지럽게 포개져 있었다. 이상하게 들릴지 모르겠지만, 결국 지극한 생활인으로서의 일상이 시를 쓰는 내게 얼마나 큰 자양이 되었는가 하는 점이다. 내가 시 쓰기와 관련한 이런저런 감각을 기를 수 있었다면 그 대부분은 학교에서가 아니라 직장에서였다. 직장 생활이 나를 시인으로 있을 수 있게 했다. 그 속에 더 많은, 더 다채로운 '구체'가 있었으므로. 무슨 말인가 하면, 삶의 '구체'가 얽히고설킨, 15년 가까운 직장 생활의 경험이 지금의 내 작업에 큰 도움이 되었음을 인정하지 않을 수 없다는 얘기다. 내가 생각하는 좋은 시란, (그때그때 여러 생각이 교차하는 게 사실이지만) 자기 안에 깊숙이 침잠하면서 동시에 지금-여기 세계에 대한 실물감을 잃지 않는 시다. 그러나 시를 쓰는 나는 수시로 이런 균형이 깨어지려는 순간을 맞닥뜨린다. 혼자만의 방에서 속으로, 속으로만 무한정 파고드는 가운데, 노트북 빈 화면만을 뚫어져라 노려보며 골몰하는 가운데 혼자만의 방은 더욱 비좁아지고 마는 것이다. 자주 헛된 망상에 빠져 허우적거리는 나는 좀처럼 골방을 벗어나지 못하는 것이다. 망상을 그럴듯하게 꿰어 늘어놓는 것만으로 유미적인 한 편의 글을 써냈다는 자족에 빠지지 않기 위해서는 밖으로 나가야 했다. 나가서 무엇이든 봐야 했다. 겪어야 했다. 생활인으로서의 감각. 이것이 자의식으로 꽉 찬 나를 자폐로 몰아넣지 않을 수 있었던 가까스로의 장치가 되어 주었음을, 지금에 와 어렴풋이 알아차린다.

그러니 "조금 이기적이 되어도 좋지 않을까요?" 하는 답변 뒤로 나는 이렇게도 덧붙이고 싶은 것이다. 때가 되면 일을 합시다, 반드시. 돈을 벌고 밥을 벌어, 자신의 생계를 온전히 책임집시다. 그리고 가능하다면 가족을 부양하고 살림을 꾸립시다. 여느 사람들이 그렇게 하듯이. 일상에서 벌어지는 다단한 일들을 몸소 겪읍시다. 치욕을 맛봅시다. 그리고 꼼꼼히 기록합시다. 그 순간순간의 파동을. 그것을 따라 멀리 나아가도 봅시다. 그러는 동안 어쩔 수 없이 자주 서글프고 자주 외로워지겠지만, 시와 생활이 마구 부딪히며 빚는 엇박이 미치게 힘들겠지만. 하지만 인정해야 합니다. 이 엇박 자체가 바로 삶이라는 것, 시라는 것. 평생토록 쓰는 일은 사는 일을, 사는 일은 쓰는 일을 괴롭힐 것이고 그러므로 늘 함께일 수밖에 없다는 것. 시를 쓰는 한 지금 이 고민은 영영 해소되지 않으리라는 것. 시인 또한 생활인이 아닐 도리가 없는 것입니다. 시가 뜬구름만 잡도록 내버려 둬서는 안 되는 것입니다.

하지만 알 수 있다. 잘 안 될 것이다. 쉽지 않을 것이다. 그 엇박에 나 역시 얼마나 자주 넘어지고 일어서고를 반복했는지. 반복하고 있는지. 걸어야 할 때조차 비틀거리며 간신히 벽을 짚고 숨을 고를 따름인지. 그러나 시라는 신비를 통해 이런 허둥지둥 아등바등은 하나의 '춤'으로 도약할 수도 있지 않을까. 여러 어려움에도 불구하고 쓸 수밖에 없는 어떤 안간힘으로 시를 지속해 갈 때, 그런 신통한 아름다움은 분명 가능할 것이라 믿는다.

개인적인 이야기를 조금 더 덧붙이자면⋯⋯. 본격적으로 시를 써야겠다고 다짐한 것은 직장 생활에 한창 매달려 지내던 스물일곱 즈음이었다. 앞서 이야기했듯, 당시의 나는 좀처럼 마음을 다잡지 못했다. 아예 마음이 없는 사람처럼 지냈다. 퇴근을 하고 돌아와 멍하니 TV 앞에 앉아 있다 잠이 들고 다음날이면 피곤한 몸을 깨워 다시 출근을 했다. 기계처럼, 같은 일상만을 반복했다. 시간은 덧없이 흘렀다. 숨이 막혔고, 어떤 돌파구가 필요했다. 그때 지푸라기 잡듯 움켜쥔 게 시다. 대학에서 시를 공부하며 누구보다 시인이 되고 싶었지만, 사회 초년생이던 그때 그 시기만큼 시가 간절했던 적은 없었던 것 같다.

우연한 기회에 한 합평 모임에 합류할 수 있었는데, 네

다섯 명의 직장인으로 구성된 일종의 '생활문학회'였다. 매주 토요일마다 각자 한두 편의 시를 써서 만났다. 매주 시를 쓴다는 게 모두에게 쉽지 않은 일이었지만, 모임은 2년 가까이 지속되었다. 어설프게나마 비슷한 사정의 누군가와 만나 시 이야기를 나눈다는 게 좋았다. 시가 생각만큼 먼 것이 아닐지도 모른다는 위안, 같은 목표를 지닌 이들 틈에서 나도 뭔가를 지속하고 있다는 안도 같은 것이 있었다. 그러다 나는 중도에 모임을 그만두었는데, 1년 반 정도 지난 시점이었다. 그만둔 데에는 여러 이유가 있었지만 그중 가장 큰 이유를 들자면 합평 때문이었다. 합평은 유용한 장치인 게 틀림없지만 때로는 독이 되기도 한다는 걸 알았다. 당시의 내게 합평이 그랬다.

합평 자리에서 어떤 이야기를 하고, 혹은 듣고 돌아오는 길에는 늘 마음이 무거웠다. 누군가 쓴 시의 특정 부분을 아쉽다 지적하고는 돌아와서 후회하기 일쑤였다. 곱씹을수록 괜찮은 표현인걸, 하고. 내가 쓴 시를 합평받을 때는 더했다. 합평 자리에서 내 시는 늘 부족했고, 결함투성이였다. '다르다'가 아니라 '틀렸다'고, 누군가 자꾸만 내 시를 그렇게 재단하는 기분이었다. 칭찬 섞인 평을 들을 때도 없지 않았지만, 이런저런 지적 뒤에 따르는 짧은 치사로는 내 시를 온전히 믿지 못했다. 그즈음 나는 아마도 맹목에 가까운 지지와 격려가 필요하지 않았을까. 지쳐 있었으니까. 시 앞에 나는 너무 작고 초라했으니까. 점점 자신이 없어졌다. 시 쓰기에 대한 확신을 잃어 갔다. 합평 멤버들은 충분히 친절하고 인정 어린 이들이었으나, 나는 결국 모임을 그만두었다. 따지고 보면 그것은 합평 때문도, 함께 합평하는 사람들 때문도 아니었다. 나 자신 때문이었다. 지독히도 허약했던 나 자신.

일전의 특강 자리에서 학생들에게 받은 질문 중에는 이런 것이 있었다. "시 합평이 너무 힘들어요. 합평에서 받는 코멘트들은 어쩐지 시에 어떤 정답이 있다는 사실을 전제로 하는 것 같고, 그런 정답에 맞춰 규격화된 시를 쓴다는 것이 공허하게 느껴져요." 가볍게 지나칠 수 없는 이야기였다. 문예창작을 전공하든 하지 않든 간에 시를 쓰며, 공부하며 결코 피할 수 없는 곳이 있다면 바로 합평 자리일 것이다. 질문을 던진 이 역시 지난 4년간 대학 안팎을 오가며 얼마나 많은 시간과 노력을 합평에 쏟았을까. 훤히 짐작할 수 있었다. 시를 평하는 그 강의실의 공기, 소리, 표정

같은 것을. 자유롭게 시에 대한 의견을 나눈다지만 실은 한껏 경직되어 있는 그곳의 모든 것을.

나는 이렇게 답했던 것 같다. "그럼에도 불구하고 합평은 필요한 것이에요." 최초의 독자, 어쩌면 내 시를 가장 꼼꼼히 들여다볼 특별한 독자를 만나는 일이니까. 불행하게도 합평 자리에서만큼 내 시를 공들여 읽어 줄 독자를 영영 만날 수 없을지도 모르지요. 그 독자들은 결코 호의적이지 않을 겁니다. 대체로 쓴소리를 듣게 될 거예요. 어쩌면 당연한 것이 아닐까요. 독자란 으레 냉정한 사람들이니까. 그들의 한마디 한마디에 쉽게 휩쓸리게도 될 거예요. 때로 어느 장단에 춤을 춰야 하나 갈피를 잡지 못하게도 되겠지요. 그러나 그런 때일수록 자신을 온전히 다독여야 합니다. 무엇보다 중요한 것은 나 자신이에요. 그 시를 온전히 책임질 수 있는 유일한 존재, 나 자신. 누구도 시를 쓴 자신만큼 그 시를 알지 못한다는 것. 그 사실을 잊지 말았으면 해요.

합평에서의 시란, "어떤 정답이 있다는 사실을 전제로 하는 것" 같다는 토로에 대해서도 일견 이해하는 바이다. 합평이란 아무래도 '좋은 시'보다 '잘 쓴 시'를 향한 과정일

테니. 알다시피 '잘 쓴 시'가 늘 '좋은 시'가 되는 것은 아니
다. 합평에서 좋은 평을 얻은 시가 곧 훌륭한 시는 아니라
는 뜻이다. 당연히 그 반대도 마찬가지일 테고. 합평을 하
되, 합평 자리에서의 이런저런 의견들을 귀 기울여 듣되,
그것에 너무 깊이 함몰되지는 말았으면 좋겠다. 그 자체에
함몰되었다간 자칫 시 쓰기가 매끈한 기성품을 만드는 과
정으로 전락할지도 모른다. 시를 쓴다는 건 유일무이한 자
신만의 세계를 일구는 일임에도. 그러므로 합평이 전부는
아니랍니다. 강의실 안에 모든 게 있다고 생각해서는 곤란
하겠지요.

나는 요즘도 여전히 합평을 한다. 대학 강의실 등지에서.
합평 시간에 수강생들과 주로 나누는 이야기는 이런 것이
다. 합평에서 지적받은 내용을 곧이곧대로 받아들이고 무
조건 고치려 들지 말자는 것. 조금 더 고집을 부려도 좋겠
다는 것. 당장의 단점이 어쩌면 나만의 개성이 될 수도 있
다는 것. 그러기 위해서는 어떤 결기나 강단이 필요할 것이
다. 그 결기나 강단은 대체로 강의실 밖에서 구할 수 있을
것이다. 너무 쉽게 흔들리지 마세요. 자신을, 자신의 시를
함부로 여기지 마세요. 누군가 함부로 여기게끔 두지도 마

세요. 뻔한 이야기가 되겠지만, 결국 합평이든 다른 무엇이든 그것을 대하는 나 자신의 태도나 마음가짐이 중요한 것 같다. 쓰는 존재로서의 스스로를 믿고, 그 중심을 잘 붙들었으면.

하지만 쉽지 않을 것이다. 세상에 쉬운 일이란 없고…….
그러므로 지금은 다만 이런 이야기만을 겨우 할 수 있을 것 같다. 원래 그런 거라는. 시라는 게 원래 잘 안 되고 그러는 거라는. 그러니 안심하세요. 모두가 힘들게 힘들게 쓰고 있으니. 시 앞에서 우리는 모두 다 어린아이일 뿐이니.
이런 순간을 기꺼이 인정하고 스스로를 격려하자고. 격려하며 한 행, 한 행 나아가자고. 이는 물론 다른 누구보다 지금 이 글을 쓰고 있는 나 자신에게 가장 먼저 해주어야 할 말이겠다.

물을 계속 틀어 놓으세요

숨

물을 계속 틀어 놓으세요

상수도 공사 후 수돗물에 이물질이 섞여 나온다
민원을 넣는다
살 수가 없어요 이대로 도무지,

흙이 나오고 쇳조각이 나온다
누가 저질렀는지 모를 알들이 쏟아져 나온다
알은 부서지기도 한다
알에서 뭔가 태어나기도 한다 살 수가 없어요 살 수가,
울먹이면서

아무것도 해결되지 않는다
사람의 요령을 알 수 없다

사랑도 나오고 결국 사랑은 아니었던 거지, 도 나오고

그 물에 얼굴을 씻고 머리칼을 헹군다

밥을 말아 먹는다
하루가 다르게 살이 찌고 키가 자라는데

점점 흐려진다 나는 차가워진다
물 흐르듯 흘러
어디든 당도할 수 있을 것 같다

언제든 지체 없이 잠들 수 있을 것 같다
눈을 감고
눈을 감고

잠을 한 컵 떠 들면 미세한 꿈들이 순순히 가라앉고

그럭저럭 살 수 있을 것도 같다
아침을 깨우는 드릴처럼 말끔한 수도 사업소의 안내문처럼

보란 듯 파헤쳐진 골목을 유유히 걸어갔다 걸어온다
번쩍이는 파이프가 가리키는 하나의 방향으로
집은 여전하고

해결되지 않는다 나는
해결하지 않는다

철썩거리며 흘러가는 매 순간
네, 무엇을 도와드릴까요?
웃는 건지 우는 건지 알 수 없는 얼굴이 둥둥 떠 있다

숨

겨울의 한 모퉁이에 서 있는 것이다
시린 발을 구르며
오지 않는 버스를 기다리며, 버스가 아닌 다른 무엇이라
해도

기다리는 것이다

이따금 위험한 장면을 상상합니까 위험한 물건을 검색
합니까 이를테면,
재빨리 고개를 젓는 것이다

남몰래 주먹을 쥐고 가슴을 땅땅 때리며

어쨌든 기다리는 것이다 시도 쓰고 일도 하며
어쨌든
주기적으로 병원도 다니고 말이죠

박소란

과장된 웃음을 짓기도 하는 것이다

오지 않는 것들에 목이 멜 때마다
신년 운세와 꿔 같은 글자가 비스듬한 간판을 흘끔거리
는 것이다

알바가 주춤거리며 건넨 헬스 요가 전단을 어쩌지 못하는
것이다

버릴 수 없다는 것,
여기가 아닌 다른 어디라 해도

한숨을 쉬면 마스크 위로 터지듯 새어 나오는 입김

가만히 바라보는 것이다
지나치게 희고 따뜻한 것 어느 고요한 밤 찾아든 귓속말

처럼
　몹시 부풀었다 이내 수그러지는 것

　텅 빈,

　다시 부푸는 것

　다시 속살거리는 것
　어째서 이런 게 생겨났을까 알 수 없는
　하나의 이야기가 곁을 맴도는 것이다

　말갛게 붙들린 채로 다만 서 있는 것이다
　얼어붙은 길
　무슨 중요한 볼일이 남아 있기라도 한 듯

　기다리는 것이다

박소란

아 신기해라, 조용히 발음해 보는 것이다

백은선

1987년 서울에서 태어났다. 2012년 『문학과사회』로 작품 활동을 시작했다. 시집 『가능세계』 『아무도 기억하지 못하는 장면들로 만들어진 필름』 『도움받는 기분』, 산문집 『나는 내가 싫고 좋고 이상하고』 등이 있다.

결코
치환될 수 없는 것

결코
치환될 수 없는 것

시는 빛으로 이루어진 층계다.
시는 어둠 속에서 펼쳐 보는 일기장이다.
시는 가장 처음 배운 외국 말이다.
시는 불속에서 녹아내리는 뼈
손끝에서 터지는 한 발의 총성
노래를 듣는 순간 떠오르는 과거의 풍경이다.

시는 모든 것이다. 사물의 희미한 윤곽, 생물의 동력, 우
주가 부풀어 오르는 리듬이 바로 시다.

시의 쓸모

혹자들은 말한다. 시란 쓸모없다고. 나는 그렇게 생각하지 않는다. 시만큼 쓸모 있는 것은 없다. 시는 내가 존재하지 않는 순간에도 나를 구성할 수 있는 세계의 유일한 것이며 과거를 재현할 수 있는 가장 오롯한 장르이다. 그러한 시를 왜 사람들은 쓸모없다고 말하는 걸까?

그건 바로 시가 자본주의로 곧 치환되지 않는다는 의미일 것이다. 시는 돈이 아니라는 말이다. 세상에서 가장 중요한 가치가 무엇일까? '삶의 의미'를 묻는 질문에 한국인만 '물질'을 1위로 꼽았다는 뉴스를 본 적이 있다. 이토록 가치는 유동적이고 상대적이다. 그렇다면 시인 공화국이라 불리는 한국, 현대시가 발전한 한국에서 오히려 시의 가치를 무시하고 자본주의적 가치를 높게 친다는 것, 그러한 현상이 우연이라고 생각되지 않는 건 왜일까?

나는 풍선과 같은 것이 있다고 생각한다. 한쪽을 누르면 다른 한쪽은 튀어나오기 마련이라고. 시는 전혀 무용하지 않다. 시는 사람을 붙드는 가느다란 실이 되어 줄 수 있다고 믿고 싶다. 시를 읽지 않는 사람과 시를 읽는 사람이 보는 세상이 같다고 믿지 않는다. 시의 눈으로 세상을 보면 세상은 좀 더 어둡고 좀 더 비참하고 부조리하기도 하지만 시의 눈으로 볼 때만 반짝이고 세밀해지는 풍경이 분명 있다. 우리는 끝없이 발견한다. 그리고 그것은 정말 멋진 일이다. 시가 세상에 없었다면 벌어지지 않았을 일.

시를 읽으면 세계를 더 잘 이해할 수 있다. 절망도 더 커질지 모르지만. 모르니까 웃을 수 있는 것보다 알고 슬퍼하는 게 낫다고 여기는 사람이라면 시를 읽자. 시는 언제나 두근대고 있다. 지나가는 사람의 뒤통수에서 쏟아진 빛에서, 밀려오는 파도에서, 무덤에 돋는 풀에서, 우리는 시를 만나고 알 수 있다. 그건 물론 아무 의미 없는 일이다.

방금 전에는 시가 무용하지 않다더니 무슨 소리냐고? 원래 세계는 아무 의미 없다. 시도 마찬가지다. 어디에 가치를 두는가는 우리의 선택일 뿐이다. 당신이 파도를 보며 서 있는 동시에 자동차 전시장에 서 있지 못하는 것과 같은 이치이다. 삶에는 아무런 인과도 운명도 없다. 주어진 시간을 재미있게 혹은 의미 있게 사용하는 것이 삶이다. 그러니

이 지긋지긋한 삶을 사는 동안에는 시를 가까이하는 게 좋다고 나는 생각한다.

시가 만들어지는 원리

나는 이 글에서 내가 말하는 모든 것을 배반하고 싶다. 이미 살면서 시에 대해 너무 많이 말했기 때문이다. 사실 나는 시에 대해 말하는 것을 싫어한다. 혼자 속으로 생각하는 것만 좋아한다. 시에 대해 말하면 말할수록 자기기만으로 느껴지는 동시에 시에서 멀어진다. 나는 그런 일이 너무 슬프다.

나는 몇 번이나 여러 곳에서 어떻게 시를 쓰는지 이야기했다. 여전히 나는 그렇게 작업한다. 단어를 하나씩 모으고 문장을 모으고 이미지를 모아 커다란 퀼트 이불을 만드는 것처럼. 둥근 돌과 둥근 돌 사이, 둥근 돌을 놓지 않는다. 그 사이 나의 잘린 손, 깨진 거울, 커다란 바퀴를 놓고 싶다. 나무를 오를 때에는 너무 작은 나무에는 오르고 싶지 않다. 나뭇가지가 쉽게 부러질 수도 있고 막상 올랐을 때 마주할 풍경이 땅에서 보는 것과 별반 다르지 않다면 왜 더 높은 곳에 올라야 하는가? 땅을 파 내려갈 때도 그렇다. 어지간한 깊이로는 만족하고 싶지 않다. 커다란 돗자리 하나쯤 넉넉하게 깔 수 있으며 비바람도 피할 수 있을 만치 깊은 굴을 파고 싶다. 그곳에 누워 겨울을 나고 싶다. 영원히 사라질 마음이라면 그럴 수도 있게. 나는 시를 온전히 장악하고 싶다.

시는 그렇게 시작된다. 질문과 욕망으로부터. 대답할 수 없는 질문, 질문이 질문의 꼬리에 꼬리를 물게 만드는 형식으로, 답할 수 없음에 저항하려는 팽팽한 힘으로 그러나 결국 미끄러짐으로 수없는 미끄러짐의 반복으로 반복과 반복이 기차처럼 지나가고 지나가는 것을 보며 애초에 미끄러짐만이 목적이었다는 듯이 더 바라고 바라며. 시의 열차는 영원히 길어질 것 같은 예감의 터널 속으로 빨려 들어간다. 칙칙폭폭 칙칙폭폭. 끝없이 불어나는 우물 속 달처럼. 부서질 수 없는 달처럼. 거기 도사린 어둠처럼. 그 어둠을 가르는 밧줄에 매달린 양동이처럼.

시는 도저함을 견디며 조금씩 나아가는 것.

시는 도저히 시가 될 수 없는 상태에서 도약할 때 비로소 시에 가까워질 수 있는 것 같다. 이 무슨 모순적인 말이냐고 반문하더라도 이보다 더 정확히 시를 설명할 수 있는 방법이 없다. 한 마리 뱀이 풀숲을 기어간다. 풀이 흔들린다. 흔들린다. 흔들린다. 그 뒤를 살금살금 좇는 존재가 있다. 눈을 번뜩이며 뾰족한 발톱을 핥으며. 순간 새들이 날아오른다. 숲은 소란으로 가득 차 누구든 그 장면을 본다면 귀가 터져 버릴 것 같다고 생각할 것이다. 그러나 그것을 목격한 사람이 아무도 없다면 그것에 무슨 의미가 있을까? 아니 목격한 사람이 있다 한들 그것이 대체 무슨 의미를 획득할 수 있단 말인가? '의미 부여'라는 것은 참 징그러운 것이다.

누군가 그 장면을 보고 '약육강식의 자연, 맹수의 습격' 같은 말을 한다면 나는 그 사람과는 절대로 친해질 수 없을 것이다. 풍경에 의미를 투영하는 것에 거부감을 느낀다는 뜻이다. 내가 슬퍼서 새도 울고 내가 아파서 눈이 오고 우리가 기뻐서 꽃이 피는 그런 세계는 없다. 제발 시 속에도 없었으면 좋겠다. 나는 시에서 가장 먼 지점에 그런 세계가 있다고 생각한다. 단지 적확하고 구체적인 언어로 장면을 그려 내고 싶다. 그래서 시를 만드는 원리가 뭐냐고?

A와 Z의 사이를 보여 주고 설득하는 과정이 시를 작동시킨다. 그것에 얼마나 필연성이 있는지를 보여 주는 방법은 다양하다. 감정으로 압도할 수도 있고 정교한 형식으로 독자를 끌고 갈 수도 있다. 어쩌면 끌고 가지 않아도 될는지 모른다. 시인과 화자가 진심으로 의심 없이 믿는 순간, 시가 생겨날지도 모른다. 그러나 믿음이 생기려면 분명 필연적인 것이 있어야 한다. 필연은 '그럴 수도 있다'는 가능성을 넘어서는 지점에서 '그것이 아니면 안 되는 것'이 생겨날 때 발생한다. 나무가 흔들린다고 쓴다면 다들 흔들리는 나무를 떠올렸으면 좋겠다. 왜 흔들리는지는 나중에 생각하거나 생각하지 않는 게 오히려 시를 시로 있게 하니까.

질문에는 영원히 대답하지 않았으면 좋겠다.

시를 쓰는 이유

시의 고유함은 어디에 있을까? 왜 시가 아니면 안 되는 것일까? 그것은 내게도 오랜 질문이었다. 늘 '이것도 시냐?'는 질문을 받았기 때문이다. 왜 이것도 시인지 설득하려면 시에 대해 더 많이 생각할 수밖에 없었던 것 같다. 그런 질문을 받은 이유는 대체로 시의 길이에 있었는데, 비단 시라는 것이 길이의 길고 짧음에 의해 판별되는 것이 아니라 할지라도 사람들의 눈에 내 시는 '길어도 너무 길다'고 여겨졌던 것 같다. 이것도 시라고, 나는 시를 쓴다고 말하려면 먼저 내 안에 시에 대한 논리가 선행하고 작동해야 한다. 그렇지 않으면 그냥 이도 저도 아닌 이상한 글을 쓰는 사람이 되어 버리니까(사실 지금 생각하면 그것도 나쁘지 않지만! 어린 나에게 시를 쓴다는 정체성은 무엇보다 중요한 것이었다).

그러나 지금도 가끔 도통 시가 뭔지 모르겠다는 생각이 든다. 그럼에도 끝없이 시가 무엇인지 이것도 시인지 생각한다. 시는 무엇일까? 다른 장르로 치환되지 않는 시만 가진 고유성은 어디에 있을까? 사전을 찾아보면 시는 '문학의 한 장르. 자연이나 인생에 대하여 일어나는 감흥과 사상 따위를 함축적이고 운율적인 언어로 표현한 글이다.'라고 나와 있다. 맞는 말이지만 시의 고유성을 입증해 주는 설명은 아니다.

　진은영의 시를 예로 들어 말해 보겠다. "음악은—호박에 갇힌 푸른 깃털/ 한 사람이 나무로 만든 심장 속에서/ 시간의 보석을 부수고 있다."* 음악에 대한 이와 같은 묘사를 어떻게 훼손 없이 다른 장르로 온전히 옮길 수 있을까? 그럴 수는 없을 것이다. 그것이 시가 가진 고유함이다. 만약 내가 사랑에 대해 쓸 때 '나는 당신을 사랑합니다.'라고 쓴다면 누가 그 마음을 집어낼 수 있을까? 그것을 드러낼 장면을 그려 낸다면 어떨까? '너의 눈을 본 순간 내 안의 새 떼가 일시에 추락했다. 꽃잎이 벌어지는 것처럼 간지러웠다.'고 한다면. 어쩌면 조금은 더 잘 전달될지도 모른다고 믿고 싶다.

　시는 이처럼 감각을 벼리는 장르다. 여러 특징이 있겠지만 내게는 그러하다. 내 안에서도 시에 대한 정의는 매번 달라진다. 그래서 항상 시에 대해 질문할 수밖에 없으며 그래서 재미있는 것이다. 아마 완벽한 정답을 찾아내는 순간

---

* 진은영, 「카살스」, 『나는 오래된 거리처럼 너를 사랑하고』, 문학과지성사, 2022.

(그런 순간은 오지 않겠지만)이 있다면 그 후에는 어쩌면 시를 더 이상 쓸 수도, 쓸 필요도 없어질 것이다. 시는 파도가 끊임없이 구겼다 펼쳐 보는 비밀 편지 같은 것이니까. 내가 이 세계에서 조금 더 정확해질 수 있는 혹은 구체적으로 실존할 수 있게 해주는 유일한 수단이니까. 그래서 나는 시를 쓴다.

빛의 층계 끝에 다다를 때

물론 나도 시에서 대상을 사용한다. 모든 언어는 상징, 즉 메타포니까. 내가 앞서 예를 든 것처럼 새 떼나 파도에 대해 이야기하는 순간 나는 그것들을 나의 메타포로 '이용'하는 셈이 되니까. 언어를 도구로 쓰면서 무엇을 대상화하지 않기란 불가능하다. 그런데 그 방식의 미세한 차이가 아주 큰 간극을 만들어 내는 것 같다. 가령 누군가가 당신에게 '너는 무관심한 사람이야.'라고 한다면, 불편하거나 왜 내가 무관심하다는 거지? 하는 의문이 들 것이다. 당연하다. 함부로 정의당했기 때문이다. 범박하게 말하면 그 '함부로'를 하지 않기 위해 노력하는 시와 노력하지 않는 시가 세상에는 있는 것 같다. '내가 슬퍼서 새가 운다'와 '새가 우는 소리를 들었을 때 눈물이 났다'는 같지 않으니까.

나는 어렸을 때 '영원'이란 말이 너무 무서웠다. 절대로 쓰지 말아야 하는 말이라고 생각했다. 미지의 것을 말할 자격이 없다고 생각했던 것 같다. 그런데 시를 쓰다 보니 때로 '영원'이란 말이 아니고서는 결코 표현할 수 없는 게 있다는 생각이 들었다. 물론 누군가 내게 '영원히 사랑해.' 하고 말한다면 나는 줄행랑을 칠 것이지만, 신의 마음에 대한 시를 쓸 때 세계에 빛이 없고 어둠뿐이던 순간부터 지금까지를 우주적 시선으로 상상하려 애쓸 때 나는 간신히 조금 '영원'을 알 것 같다. 그럴 때 나는 백 년도 안 되는 이 삶이 지긋지긋한데, 신은 어떨까? 얼마나 지겨울까? 그런 생각을 하다 보면 아득해지곤 한다. 거기서 발생하는 이상한 감각이 있다.

나는 시라는 것을 무엇이 '되어 보는' 일과 다르지 않다고 생각하는데, 그러려면 때론 '영원'도 필요하다고 이제는 생각한다. 물론 '함부로' 어떤 거대한 말을 써서는 안 된다는 생각에는 변함없지만, 그보다 중요한 것은 시는 무한히 나아간다는 것이고 나는 그 무한 속에서 단지 하나의 프레임을 보고 있을 것이라는 거. 그러므로 그 누구도 층계의 끝은 알 수 없겠지만, 다정하고 단호한 사람이 좋은 시를 쓴다고 나는 믿는다.

어떠한 방식으로 세계를 포섭할 것인지가 내재화된 눈을 갖는 게 시를 쓰기 전에 필요한 준비물인 것 같다. 나는 세상의 중심이 아니니까. 단지 우리는 접촉 불량의 라디오처럼 가끔 연결될 뿐이니까. 그 연결된 찰나의 순간을 집어내는 손이 시의 손이니까. 연결되지 않고 백색소음만 가득한 순간들이 많아서 그 사이를 내내 짐작해야 하니까.

사쿠라노요루

엔젤: 러브 레터

사쿠라노요루 桜の夜

선생님 벌써 겨울이 가고 봄이 왔습니다. 빛은 뒤집히는 순간 가장 밝게 부서진다는 것을 이제야 알 것 같습니다. 몇 번의 시험을 본 끝에 저는 일본에 적응해 한 사람의 몫을 하게 되었습니다.

벚꽃이 둥근 봉오리를 밀어 올립니다. 허공은 온통 두근거려요. 꽃잎이 벌어지는 순간을 처음으로 목격하게 될 것 같습니다. 훈풍을 맞으며 강가를 걷는데도 어느 때보다 깊이 서늘함을 느낍니다.

시를 쓰는 일은 그만두었습니다. 동이 트도록 책상 앞에 앉아 하나의 문장을 썼다 지웠다를 반복하던 날들이 이제는 꿈같습니다. 그때는 두 손을 깊은 숲속에 묻고 돌아와 새 손이 돋아날 때까지 아무것도 안을 수 없었습니다.

한 번 손을 포기할 때마다 한 편의 시를 얻었던 셈이지요. 어떨 때는 너무 간지럽고 아팠습니다. 하는 수 없이 어둠 속에 향처럼 꽂혀 타들어 가기만 했습니다. 생각이라는 것이 무한히 가속되며 돌고 있는 미친 원 같았습니다.

선생님 세상의 모든 것은 한자리에 있다고 늘 말씀하셨지요. 언젠가 그 말을 이해하고 싶었습니다. 미혹된 자는 굽은 등을 갖게 마련이니까요.

심장이 있던 자리에 한 마리 새를 키우게 되었습니다. 잠결에 날아와 둥지를 틀더니 나가지 않아서, 쫓아내려 애를 쓰다 그만 포기하고 말았습니다. 이름을 붙여 주고 나니 이제는 이국의 유일한 식구가 되었습니다.

너무 아름다운 것은 때로 삶이 아닌 죽음에 육박한다는 것을, 한 번도 상상한 적 없는 채 살 수 있었다면 저는 달라질 수 있었을까요. 봄은 그토록 서늘하기에 유리처럼 빛

날 수 있다고.

엔젤: 러브 레터

매듭을 묶자 두꺼운 손이 이마를 짚었다
-

한때 뱃사람으로 날카로운 모서리를 쉽게 이해했다던
-

된장을 풀며 애호박을 퐁당퐁당 냄비에 빠트리며

아직이야
조그마한 것들은
버리기도 좋아

경직된 빗금이 얼굴로 쏟아져 내렸다

입에 담을 수 없는 치욕이다
하나를 내어 주면
다른 하나를 요구받는 일
물결

물결

주머니 속에 손을 숨기고 모자 속에 눈을 감추며
어두운 길을 걷는 밤

강가에는 새들이 있고
고깔을 뒤집어쓴

풀리지 않는 물 단단하게 깍지 낀 손의 형상으로
물결

빌어먹을
한 번 밥을 줬더니
골목을 지키고 서서

남자는 파도의 모든 표정을 다 안다고 자주 얘기했지

파를 썰고 계란을 풀며 또각또각 다시마를 자르며

이게 나야
부서지는 것들은
잊힌 계절

하루는 급하게 물건을 전하러 뛰어나가느라 모자를 잊
었고
종일
대가를 치러야 했다

눈초리들
물결
혹은

앙다문 이빨처럼 도저히 열리지 않는 것
벗어나려고 몸부림칠수록 더 세게 조여 오는 것

두꺼운 손 털이 수북한 붉은 손
온몸을 돌아다니는
털북숭이 피

빛나는 건 전부 재앙이야
밑줄 긋고 뛰어오는 물의 진동이야

거짓말
 거짓말
  거짓말
   거짓말

벗겨진 가축 아래 짐승 단말마 비명 감은 눈

감은 눈

한 대 맞고 웃는 일은 너무 쉽다

커다란 개들이 뒤쫓아 온다
더 이상 줄 것이 없는 줄도 모르고
잇새로 침을 흘리며
커다란 혀를 날름거리는
개들

모자가 열리고 나의 수업이 시작될 때
-
두 개의 봉우리가 만나 협곡이 될 때
-
매듭이 불어나며 단단해질 때

아이 참, 두 눈은 자꾸 어디에 두고 와서
그만해요
이러다 날 새겠어

웃으며 흘리는 한숨
아직도 이렇게 배울 것이 많아서
나는

또 으깨고 으깨며
젓고 저으며

안도의 눈빛이 떠오를 때까지

얼굴을 움켜쥐고

물 위를 걷는 새벽

신기해

아직 살아서

봐야 할 것이

이토록 많다는 게

더 이상 아무것도 궁금하지 않은 계절

돌려줄 대답보다

받아 낼 질문이 많은

초록의 계절

공포는 지루하고

희망은 창백하니

물결

새를 타고 날아가는 사람의 눈이

빛나고
별은 하염없이 멀어져

개들이 돌아오는 시간

검고 커다란 털이 불쑥 모퉁이에서
솟아나는 시간

거짓말, 거짓
-
다 알면서도 웃는 일이
-
배를 가르면 쏟아지는 내장이
-
이렇게 다정하고 달콤한 일이던가

츳츳츠

물결이 번지며 내는 호흡

강가에 앉아 일곱 개의 돌을 던지는 동안

일곱 개의 얼굴을

썼다 벗었다 하는 일이

이혜미

2006년 『중앙일보』 신인문학상으로 작품 활동을 시작했다. 시집 『보라의 바깥』 『뜻밖의 바닐라』 『빛의 자격을 얻어』 『흉터 쿠키』, 산문집으로 『식탁 위의 고백들』이 있다. 웹진시인광장 <2022 올해의좋은시상> <고양행주문학상> 등을 수상했다.

흔적과
자취가 되어
나아가기

흔적과
자취가 되어
나아가기

몸을 가진 것이 슬퍼 자주 목욕탕에 간다.

작은 플라스틱 의자에 앉아 팔을 다리를 무릎을 지운다. 언젠가 모서리들이 서서히 검어질 것을 생각하며. 목욕탕은 자신의 몸을 분명히 자각할 수 있는 공간이자 타인의 몸을 바라볼 수도 있는 곳이다. 탕에 잠겨 벌거벗은 사람들을 구경하며 인간은 결국 자신의 육체를 감당하느라 일생을 바친다고 생각했다. 육체의 힘으로 피가 돌고 피의 힘으로 생각이 만들어지고 생각의 힘이 행동으로 옮겨지고 행동이 다시 몸에 얽힌 생활을 만들어 간다.

뜨거운 목욕탕에서 힘겹게 일어서는 할머니의 뒷모습을 바라본다. 정확히는 까맣게 변한 엉덩이 살과 어두워진 등의 굴곡을 바라본다. 지우고 쓰고 지운 몸. 덧대고 덧대어진 몸. 끝없는 퇴고를 거친 몸.

마음속 떠오른 생각들에 언어라는 육체를 입혀 주며 우리가 가려는 곳은 어디일까. '긁다'와 '그리다'와 '글'이 같은 어원을 공유한다는 이야기를 들은 적 있다. 긁어서 상처를 내는 것, 그림으로 형태를 남기는 것, 글로써 순간을 기록하는 것, 모두 여백이나 빈자리에 흔적을 새기는 일이다. 글을 쓰는 일은 긁어 그리는 일이기도 하겠구나. 그 흔적들은 어떤 그리움의 자리로 우리를 데려갈 수도 있겠다.

동전에 습자지를 대고 연필을 문질러 무늬를 떠오르게 하듯이 마음의 요철에 백지를 올린다. 글을 쓰는 일은 생각을 종이 위로 옮겨 보이지 않던 감각들을 보이게 해주는 일이다. 나는 이 마술 같은 현현에 언제나 존재를 의지해 왔다. 일기는 어린 시절과의 친분을 유지시켜 주었다. 시는 침묵과의 사교를 도와주었다. 시간과 순간과 인간. 사이와 사이들. 사라진 동시에 사라지지 않은 것. 보았다고 믿은 것을 끊임없이 기록하려 했다. 눌러쓴 종이의 뒷장에 투명하게 음각된 글씨처럼 힘주어 쓴 만큼이 순간의 깊이였다.

나에게 시를 쓰는 일은 마음과 세계에 대해 깊이 살피고, 범주 지으며, 동시에 세밀하고 가장 촘촘히 분류하여 정렬하는 것이다. 예를 들어 이런 질문: **"내가 키우는 식물이 온 세상의 녹색을 수집하는 신이 빠트린 단 하나의 색이라면?"** 그러니 시인은 파편들의 수식을 끝없이 푸는 자. 뿌려진 감각의 조각들을 가져다 먼지를 털고 면밀히 맞추어 보는 심정의 고고학자. 미세한 좌표들을 분석하여 느낌의 윤곽을 잇는 자다.

날마다 조금씩 지워지는 것. 남아 있는 것. 흐려진 자리에 새로 쓰인 것. 매일매일 조금씩 죽어 가는 몸을 버리며 얼마간 다시 태어난다. 우리는 지구를 잠시 여행하기 위해 왔고 몸은 그를 위해 덧입은 우주복이다. 조금씩 닳아 가는 지상의 우주복 속에서 머무는 영혼. 잠에서 깨어날 때마다 실금이 깊어지는 항아리를 생각한다. 몸이 붙들 수 있는 마음의 질량과 부피를. 지워지지 않으려 애를 쓰는……. 그러나 흔적과 잔상으로만 남는 생각들을 붙잡으려 시를 쓴다.

세상에서 가장 작은 모자 실험: 디테일과 섬세함

　최근 읽고 있는 책 『의식의 강』의 한 챕터는 식물학자로서의 찰스 다윈에 대해 공들여 소개하고 있다. 우리에게 다윈은 흔히 진화론을 대표하는 인물로 생각되지만, 사실 그는 일생의 많은 부분을 식물 연구에 바쳤다. 그가 식물에 관심을 가진 것은, 식물이야말로 무수한 선택과 변이와 시도들을 통해 자신이 속한 종을 갱신해 나가는 개체들이기 때문이다. 식물학은 그가 발전시켜 온 진화론과도 아주 밀접한 연관이 있다(그는 친구인 헉슬리에게 "식물은 적(창조론자)을 측면 공격할 수 있는 좋은 소재인 것 같아"라는 편지를 쓰기도 했다). 게다가 동물보다 비교적 짧은 식물의 생애주기는 그들의 결심과 변화와 모험을 단시간 안에 확인할 수 있도록 해준다.

　다윈이 시도했던 수많은 연구들 중 내가 가장 좋아하는 실험은 식물이 광원(光源)을 찾아가는 방법에 대한 것이다. 식물이 어떤 방식으로 빛을 따라 움직이는지, 그들의 지각과 감각이 어떻게 활용되는지에 대한 실험이다.

　그가 설명한 멋지고 기발한 실험들 중에는, 귀리

싹을 이용한 실험이 포함되어 있었다. 그 내용인즉, '귀리 싹을 심은 다음 다양한 방향에서 빛을 비췄더니, 아무리 어슴푸레해서 인간의 눈으로 분간하기 어려운 경우에도 늘 빛을 향해 구부러지거나 휘더라'는 것이었다. 덩굴식물의 경우에 그랬던 것처럼, 그는 이번에도 이런 생각을 했다. "귀리 싹의 잎 끝에 '일종의 눈', 즉 감광영역photosensitive region이 있는 건 아닐까?" 그는 작은 모자를 고안하여, 그것을 먹물로 새카맣게 물들인 다음 귀리 싹의 잎 끝에 씌워보았다. 아니나 다를까, 귀리 싹은 빛에 전혀 반응하지 않았다. 그가 최종적으로 내린 결론은 이러했다. "귀리 싹의 잎 말단에 빛을 비추면 일종의 전령물질messenger이 분비되며, 이 전령물질이 싹의 운동부motor part에 도달하여 빛을 향해 휘도록 만든다".*

나는 다윈의 이 실험이 너무 귀엽고 아름다워서 **'세상에서 가장 작은 모자 실험'**이라는 이름을 붙인 뒤 그림으로도 그려 보았다. 귀리 싹의 연약한 잎사귀 끝에 걸릴 만큼

---

* 올리버 색스, 『의식의 강』, 양병찬 역, 알마, 2018, 31쪽.

의 가벼운 모자, 손톱보다도 조그마할 그 모자를 만들어 내고 색칠했을 과정, 잎사귀가 다칠 것을 염려하며 조심조심 씌워 주는 주의 깊은 손길을 상상해 본다. 세밀한 공정 끝에 만들어진 작고 섬세한 모자 하나가 새로운 발견의 길을 열어 주었다. 귀리 싹이 가진 눈을 가림으로써 도리어 빛을 감지해 내는 능력을 확인시켜 준 것이다. 어둠을 선물하여 빛을 확인하도록 도우는 것. 이 또한 시 쓰기와 어딘지 닮아 있지 않은가. 멋지고 크고 화려한 모자였다면 귀리 싹은 힘없이 꺾어졌겠지. 잎사귀에 씌울 용도로 만든 극도로 작은 모자였기에 다윈의 실험이 가능했던 것처럼, 시 쓰기도 할 수 있는 한 치밀하고 섬세한 지점에서부터 출발해야 한다고 믿는다. 진실을 발견하도록 이끄는 것은 근사하고 거대한 무엇이 아니라 이렇게 작지만 꼭 맞는 디테일 속에 있을지도 모른다.

시는 벙커처럼

종종 〈요괴 시 쓰기〉 수업을 한다. 자기만의 요괴를 상상해 직접 그려 보고 그 요괴에 대한 시를 쓰는 것이다. 요괴가 된 사연, 각종 능력이나 특징, 친해지는 방법 등 최대한 세부적이고도 구체적으로 요괴의 특성과 생김을 표현하다 보면 문득 그것이 차마 몰랐던 자신의 또 다른 모습이었음을 깨닫게 된다. 시가 몸을 얻은 생각인 것처럼 요괴는 마음이 형상을 얻은 모습이다. 백지 위에 새로운 요괴들을 태어나게 하며 우리는 서툰 신처럼 즐거웠다. 연주는 공기 중의 색을 잡아 무지개로 피워 내는 물감초를 그렸고, 채움이가 만든 놀자깨비는 자신이 죽은 줄도 모르고 바다에서 친구를 찾는 요괴다. 유현이가 그린 요괴 나무는 키우는 사람의 얼굴을 닮아 간다고 했다. 줄기에 흉터가 많고 거칠게 생겼지만 피워 낸 꽃을 우려 차로 마시면 몸이 따듯해지며 마음이 안정된다고. 그 나무가 꼭 시 같았다. 나무의 몸을 얻은 시. 우리의 상처, 흉터. 슬픔으로 일그러진 얼굴. 그래도 어떻게든 꽃이 피고. 따듯한 한 잔의 차가 되어 가는 과정들이.

한 편의 시를 쓰는 것은 새로운 요괴를 태어나게 하는 것과 비슷하다. 세상에 없었던 몸과 사연을 가진 요괴들을 소환하는 기쁨. 여러 가지 주제들과 형식을 바꾸어 함께 써보는 일은 우리가 시 속에서 새로운 세계를 만나 더 멀리 나아가도록 이끌어 준다. 그러니 즐겁게 계속해서 생각하고 마음에 새로운 육체를 입혀 보기를 권한다(이 글의 부록으로 〈시 창작을 위한 48개의 모티프〉를 실었다. 시 창작 스터디를 만들어 함께 쓰거나 한 해의 습작 프로젝트로 삼아 보아도 좋지 않을까).

나는 시를 쓰고 읽는 사람들을 생각의 운동선수들이라고 표현하는데, 특히 **한국어로 생각하기의 국가 대표들**이라고 믿는다. 한국어라는 독특한 언어를 쓰는 우리가 모국어를 어디까지 활용하여 마음과 생각을 밀고 나갈 수 있을까. 한국어의 가능성을 개진시키고 나아가게 할 수 있는 지점이 어디일까를 고민하게 된다. 문장은 흐르는 물을 닮았다. 위에서 아래로 내려오는 시의 형식은 폭포와 비슷하다. 쏟아져 내린 시는 종이 위에, 책 속에, 페이지 사이에 누워 눈빛을 기다린다. 그래서 시 창작 수업을 할 때면 시를 평면에 그치지 않고 종이에서 일으켜 세워 춤추게 하자고 제안한다. 솟아올라 터지는, 튀어 오르는, 때로는 비행하는 형식의 문장을 만들어 보자고. 문장들은 책을 덮으면 사라지는 것처럼 보이지만, 강물이 그렇고 바다가 그렇듯 읽은 이의 감각과 생각과 마음을 돌아갈 수 없는 곳까지 데려다 놓는다.

　처음으로 스쿠버 다이빙을 했을 때, 바다에 들어가 나는 오로지 숨쉬기만 생각했다. 지금 숨을 무사히 쉬고 있는가, 라는 물음의 반복. 두려움 속에서 공기통과 호흡기라는 형식을 수행하는 것에 골몰했다. 마치 바다에 숨을 쉬러 들어간 사람처럼. 물론 그때 바다 속에서 무엇을 보았는지, 어떤 느낌이었는지는 하나도 기억이 나지 않는다. 시를 쓰며 시에 대해 생각하지 않기란 바다 속에서 숨쉬기를 생각하지 않는 것처럼 어렵고, 언어 속에서 언어를 생각하는 일은 물고기가 물을 생각하는 일처럼 위험하다. 때로 아직도 시를 쓸 때 '시'라는 형식을 떠올린다. 정확히는 시의 눈치를 본다. 그러면 아무것도 보이지 않는다.

　책 속에 손을 넣어 글자들을 움켜쥔다. 비좁은 항아리에 손을 넣었다가 빼지 못하는 원숭이처럼. 문장을 만진다. 어둠을 더듬는다. 기다린다. 덫을 놓은 자가 다가오기를 기다린다. 사로잡는 동시에 사로잡힌 자가 되어.

　시는 사람을 사로잡는다. 의미 속에서 더 깊은 의미를 찾도록 옭아맨다. 대학생 시절 친했던 혜준 언니를 매일 아침마다 생각한다. 함께 욕실에서 머리를 감다가 언니가 한 말 때문에. "린스는 머리에 향 추가하기야." 십 년이 흘렀다. 언니는 사라졌지만 목소리는 남았다. 언어는 죽지 않는다. 기어코 살아 오늘 아침 욕실까지 나를 따라온다. 한 인간에게 어떤 문장은 영원에 가까워질 수 있다. 그 영원함이 언어를 얻은 자의 슬픔이자 왕관이다.

결국 이것은 생각의 기쁨에 대한 이야기다. 자본은 우리에게 명령한다. 생각을 멈추라고. 지갑을 열고 물건을 구매하고 곧 그 물건을 잊으라고. 생각은 위험하니까. 고민은 우리를 머뭇거리게 하니까. 사유는 인간을 구출할지도 모르니까. 생각의 부재를 종용받는 시대에 어쩌면 시는 땅속 깊숙이 숨겨진 벙커처럼 무언가를 보존해 낼지도 모르겠다.

시 창작을 위한 48개의 모티프들

1. 나를 이루는 말들

◈ 김소연의 「너를 이루는 말들」을 읽고 나를 이루는 단어들
로 쓰기.

2. 겨울의 단어

◈ 겨울과 연관된 단어들을 이야기하고 겨울에 대한 시 쓰기.

3. 요괴 만들기

◈『세계 괴물 백과』『한국 괴물 백과』를 읽고 자신만의 요괴
만들기.

4. 내면 아이 만나기

◈ 유년 사진을 나눠 보고 기억나는 에피소드로 쓰기.
진은영의 「유년 시절」을 읽고 어린 시절에 대해 쓰기.

5. 꼭 하고 싶은 말

◈ 전윤호의 「늦은 인사」를 읽고 누군가에게 전하고 싶은 말을
넣어 쓰기.

6. 기분의 이름들

◈ 신미나의 「싱고」를 읽고 기분에 직접 이름 지어 주기.

7. 랜덤 단어 뽑기

◈ 좋아하는 단어들을 상자에 넣고 무작위로 뽑아 쓰기.

8. 단어 + 형용사 조합으로 쓰기

◈ 7번에 형용사를 더하여 조합한 후 쓰기.

9. 좋아하는 책을 펼쳐 문장 골라 쓰기

10. 질문으로 이루어진 시 쓰기

◈ 파블로 네루다의 『질문의 책』, 이성복의 「신기하다, 신기해, 햇빛 찬연한 밤마다」를 읽고 질문 형식으로 쓰기.

11. 한강의 『흰』을 읽고 색깔로 시 쓰기

12. 살아오면서 겪은 가장 힘들거나 슬픈 기억으로 쓰기

13. 편지글 형태로 쓰기

14. 허수경의 「카라쿨양의 에세이」를 읽고 다른 존재가 되어 쓰기

이혜미

15. 함기석의 『오렌지 기하학』을 읽고 특이한 형식으로 쓰기

16. 음악과 시를 함께 듣고 읽기

17. 밈(유행어)으로 시 쓰기

18. 직접 찍은 사진으로 쓰기

19. 좋아하는 동화를 모티프로 쓰기

20. 플레이 리스트
◈ 좋아하는 노래들의 목록을 작성하고 노래 가사를 인용한 시 쓰기.

21. 일주일간의 일기 중 한 문장을 골라 시 쓰기

22. 식물로 시 쓰기

23. 동물로 시 쓰기

24. 우주에 관한 영상 보고 은하나 행성을 소재로 시 쓰기

25. 자신이나 주변 사람의 죽음에 대해 생각해 보고 죽음

에 대한 시 쓰기

26. 인간이 아닌 존재가 되어 시간에 대한 시 쓰기

27. 가족과 있었던 인상적인 기억을 떠올려 보고 가족에 대한 시 쓰기

28. 딕싯dixit 게임, 혹은 타로 카드 한 장을 골라 이미지로 쓰기

29. 한동일의 『라틴어 수업』을 읽고 라틴어 어원으로 쓰기

30. 최래옥의 『한국 민간 속신어사전』을 읽고 미신, 속신으로 쓰기

31. 자신의 버릇과 습관을 생각해 보고 쓰기

32. 피카소의 『피카소 시집』을 읽고 비약적인 전개로 쓰기

33. 나의 편의점
◈ 편의점에서 물건을 사 와서 쓰기.

34. 커미션 챌린지
◈ 친구나 가족, 지인에게 주제 받아서 쓰기.

35. 말도 않 돼 챌린지
◈ 도저히 시에 쓸 수 없을 것 같은 단어를 넣어 쓰기.

36. 미스터리 박스
◈ 미지의 물건이 들어 있는 박스에 손 넣어 만져 보고 쓰기.

37. 시집 마니또
◈ 마니또 혹은 친구를 관찰 후 어울리는 시집 선물하기.

38. 단어 마니또
◈ 마니또 혹은 친구를 관찰 후 어울리는 단어 선물하기.

39. N글자의 말
◈ 1~10글자의 좋아하는 말을 적어 보고 그중 하나 골라 쓰기.

40. 연애시 쓰기

41. 패러디 시 쓰기

42. 영화를 모티프로 한 시 쓰기

43. 『시작하는 사전』을 읽고 자신만의 사전적 정의 내리기

44. 향기를 언어로 옮기기

45. 시―빵 굽기
◈ 이은규의 「달로와요」, 안희연의 「슈톨렌」, 고명재의 「페이스트리」를 읽고 베이커리, 빵, 과자에 대한 시 쓰기.

46. 당신을 이루는 말들
◈ 상대방에게 어울리는 단어를 넣어 헌정시 쓰기.

47. 시집 만들기
◈ 지금까지 써온 시들을 시집 형태로 묶어 보기.

48. 롤링 페이퍼
◈ 스터디를 함께한 문우들과 서로에 대해 쓰기(혼자 했을 경우 자신에게 편지 쓰기).

Poem

저무는 나무로부터

스파클 다이브

저무는 나무로부터

귀퉁이가 닳은 단어들로 쓸쓸하다 적으면 지평선 멀리로 네 개의 지붕이 이어진다. 이렌, 아름다움을 아름다움으로 지우려 했던 너와 나의 노력이 이 투명한 저녁을 만들어 내었을까? 산 자들과 가장 친밀해지는 방법은 죽은 자가 되는 것이어서 너는 오늘도 기우는 야산의 언저리를 서성이지.

우리는 도망쳤지. 깨어진 겨울 호수의 외로움으로부터. 부엌에서 어둡게 졸아 드는 체리 잼의 끈적함으로부터. 별을 모르고 칼을 몰라도 반짝임을 얻을 수 있다고 믿으며. 희미해지는 테두리의 진심을 발견하려. 잘린 관목의 단면에서 빼앗긴 방향이 만져질 때 슬픔에도 알맞은 규모의 봉우리가 있다는 것을 알게 되었어.

손끝에 내려앉은 눈송이가 지난해 놓아주었던 나의 한숨이라는 것을 알아차렸니? 텅 빈 거울의 시간. 부끄러움

을 빵처럼 부풀려 잼을 바르는 저녁...... 두 겹의 눈빛으로
먼 곳을 두드리면 후생의 먼지들이 돌아와 이마 위에 얹혔
고, 꿈은 방금 나무를 베어낸 자리처럼 유순하게 저질러진
의미를 견디지. 죽은 사람들과 함께 식탁에 앉으면 도려내
진 나뭇가지들이 발치에 장작처럼 쌓여 갔어.

  쓸쓸, 발음하면 입안을 긁는 바람의 가시 날개. 지붕이
지붕에 닿는 기척으로 우리는 어깨를 겯지. 이렌, 오늘의
유리병 안에 어린 너의 목소리를 넣어 둘게. 비밀들이 조용
히 모여들면 만져지는 빛이 있다는 걸 보여 주러 가자. 사
라지며 동시에 영원해지는 것들이 있다고. 가지가 사라진
자리를 오래 기억하는 나무들이 있다고.

스파클 다이브

넘치는 거품의 중심으로 뛰어들었어. 투명한 폭죽의 와중으로.

새벽에는 어두운 거품이 다 빠져나갈 만큼 긴 날숨을,

이른 아침에는 파도로 가득 찰 만큼 느린 들숨을.

잠은 밤새도록 스스로를 바라보는 시선이어서

몸 안에 쌓인 공기 방울이 부글부글 차오르지.

생각에도 거품이 있다면 서둘러 시든 꽃을 떠나보내고

아침의 무딘 몸 안으로 호흡과 음악을 초대해야지.

선물받은 봄을 그릇장에 넣어 두고

뜨거운 눈빛이 쏟아지는 광장으로 나아갈 수 있을까.

춤추는 말괄량이 언니들, 우리는 발생하는 중이지.

무수해지는 색들의 연결로. 서로에게 묶어 둔 머리카락의 매듭으로.

새들이 서로를 부르는 다급하고 상냥한 지저귐으로.

눈을 깜빡이는 자리에 신은 잠시 앉았다 가는 거야.

흘려 둔 빛을 모아 겨울잠을 준비하는 나무들에게 선물하려고.

뭘 잃어버렸니? 물어 오는 다정한 언니들과 함께.

마주 보며 호흡할 때 우리는 서로에게 부드러운 물결을 선물하는 거야.

　꿈의 해변가를 따라 피어나던 파도를 주워 모으며

　기포들의 솟구침으로 순간이 태어나는 일을 믿으면서.

김선오

1992년 서울에서 태어났다. 2020년 『나이트 사커』 출간
으로 작품 활동을 시작했다. 시집 『나이트 사커』『세트
장』, 산문집 『미지를 위한 루바토』가 있다.

그럴 수 없음을 알면서
그렇게 하기

그럴 수 없음을 알면서
그렇게 하기

어떤 영국인이 항해를 시작했다가 경로를 조금 잘못 계
산하는 바람에 도로 영국에 도착하게 되는데, 그는 남쪽 바
다의 새로운 섬을 발견했다고 착각하고 만다. 그는 (빈틈없
이 무장하고 몸짓으로 소통하며) 영국 국기를 꽂기 위해 섬에
상륙하지만, 그것이 브라이턴에 위치한 영국의 궁전이었음
을 알아차린다.

위 일화는 G. K. 체스터턴이 저서 『정통』에서 자신이 언
젠가 쓰고 싶었던 멋진 로맨스 작품의 내용이지만 미처 쓰
지 못했기에 철학적 예화로 삼았다고 말하는 하나의 픽션
이다. 체스터턴은 영국인의 실수가 사실은 가장 부러워할

만한 것이었다고 말한다. 잠시나마 해외로 떠날 때의 짜릿한 공포심과 집으로 무사히 돌아왔다는 안도감을 동시에 느끼는 것보다 더 기쁘고 즐거운 일은 없기 때문이다. 뒤이어 그는 질문한다. "어떻게 하면 우리는 이 세계에 대해 깜짝 놀라는 동시에 그 안에서 편안한 감정을 느낄 수 있을까?"

　깜짝 놀라기.
　편안함 느끼기.

　이 둘은 항로를 헷갈린 영국인의 입장이 아니고서야 얼핏 양립 불가능한 것처럼 보인다. 우리가 주목해야 할 것이 하나 더 있다면 짜릿한 공포심과 안도감이라는 대립적인 감각을 동시에 느끼는 일이 그에게 가능했던 이유일 것이다. 위 일화를 잘 들여다본다면 모든 것이 그의 착각으로부터 비롯되었다는 사실을 알 수 있다. 갓 잠에서 깨어난 착란의 상태에서는 꿈과 현실이 구분되지 않고 공존하듯이 착각은 이처럼 양립 불가능해 보이는 것들을 양립하게 만드는 힘을 가진다.

　서두가 길었다. 체스터턴은 종교와 철학에 대해 말하기

위해 꺼낸 이야기였지만, 나로서는 위 일화가 시 쓰기의 행위, 혹은 내가 시 자체로부터 느끼는 감각에 대한 적당한 은유처럼 읽히기도 했다. 좋은 시를 읽을 때 나는 고향을 신대륙으로 착각한 모험가처럼 깜짝 놀람과 동시에 편안함을 느낀다. (물론 스스로의 어리석음 역시도……) 시를 쓰며 내가 쓴 시의 첫 번째 독자가 되는 경우에도 마찬가지다. 어쩌면 나는 시 쓰기를 깜짝 놀라기-편안함 느끼기뿐 아니라, 모든 양립 불가능해 보이는 것들을 양립 가능하게 만드는 착각의 조형 정도로 여겨 왔는지 모른다.

얼마 전의 일이다. 잠을 자다 옆에 있던 사람에게 "비 많이 와요?" 하고 물었는데, 방금 전까지 꾸던 꿈속에서 그가 방문을 열고 들어오며 "밖에 비가 오네"라고 말했기 때문이었다. 나는 꿈속의 그가 한 말이 현실의 것이라 착각하는 바람에 잠결에 "비 많이 와요?"라고 말해 버린 것이다. 옆에 있던 사람은 깔깔 웃었고 추후에 이 에피소드를 친구에게 전해 주자 그는 "그것 참 시적인 이야기네"라고 자신의 소감을 들려주었다.

시적이라는 말은 사람을(특히 시인을) 분명 민망하게 만

드는 구석이 있지만 듣기 나쁜 말은 아니다. 또한 시적인
것이란 무엇인지 심도 있게 규명하기에 앞서 위 에피소드
가 시적이라는 의견에는 얼마간 동의할 수 있겠다. 위 이
야기가 시의 일부라는 가정을 해보자면 이 시의 주요 서사
는 화자가 꿈속에 등장한 타인에게 하려던 대답을 잠결에
현실의 타인에게 했다는 내용이 될 것이다. 이를 통해 꿈과
현실의 경계는 무화되고, 꿈속의 인물과 현실의 인물 간의
존재론적 차이 역시 희미해진다. 꿈과 현실의 경계를 흐리
는 방식은 익히 알려져 있듯 시의 역사상 가장 오래된 이
야기 구조 중 하나다. 현대시의 독자이자 작자인 우리는 꿈
과 현실 사이의 혼몽함이 곧잘 문학의 재료가 되어 왔다는
사실을 익히 알고 있다. 보르헤스, 카프카, 뭐 그런 이름들
있지 않은가.

　일본의 물리학자 군지 페기오-유키오(郡司ペギオ幸夫)
의 말을 빌리자면 기지(既知)와 미지(未知)의 구별이 있
기 때문에 아직 체험되지 않은 미래와 이미 체험된 과거는
구별되고 우리는 시간이 흐른다고 느낀다.* 그 둘이 혼동

---

* 군지 페기오-유키오, 『시간의 정체-데자뷔. 인과론. 양자론』, 그린
　비, 2019, 5쪽.

될 때 시간은 성립하지 않고 우리가 살고 있는 시간도 사라져 버릴 것 같은 느낌이 드는 것이다. 그러므로 기지와 미지는 양립 불가능한 것처럼 보인다. 그러나 우리는 데자뷔déjà vu나 자메뷔jamais vu를 체험한다. 그에 따르면 그것은 한편으로는 기지이고, 다른 한편으로는 미지인 체험의 존재를 의미한다. 이러한 체험을 착각의 일환으로 간주할 수 있다면 착각은 올바르지 않은 것, 일상으로부터의 낙오나 실수 같은 것이 아니라 세계에 대한 우리의 인식 범주를 확장시키는 일이 된다. 시가 발생시키는 착각의 순간은 일종의 데자뷔와 자메뷔의 체험을 유도하며, 이로 인한 감각의 착란을 통해 독자의 인식 속에 새로운 시간의 형태를 부조한다. 우리는 선형적인 것이라 여겨지는 일상적 시간의 흐름 속에서 감각하지 못했던 것들을 감각할 수 있다. 혹은 감각할 수 있다고 착각할 수 있다. 그러니까 우리는, 시를 통해 깜짝 놀라는 동시에 편안함을 느낄 수 있다.

빛이 입자인 동시에 파동으로 존재한다는 양자역학의 너무도 유명한 명제는 우리가 입자와 파동을 입자와 파동이라는 이름으로 분리하여 부르기 때문에 성립하는 것이다. 우리의 언어가 입자와 파동을 분리하지 않았다면 미시세계에서 그 둘이 공존한다는 사실이 지금처럼 혼란스럽게 다가오지는 않았을 것이다. 삶과 죽음 역시 우리가 언어를 통해 그 둘을 가혹하게 분리하여 사유하지 않았다면 양자를 서로 크게 다를 바 없거나 혹은 연속선상에 있는 것으로 대할 수 있었을지 모른다. 대상을 지시하는 행위는 애초에 함께했던 것들을 따로 떼어 놓는 일이다. 그러므로 언어에는 언제나 근원적인 그리움이 묻어 있다.

나는 시가 언어에 속해 있는 그리움과 결핍을 가장 잘 포착하는 장르라고 생각한다. 시가 만드는 착각은 관습적인 언어가 대상을 지시함으로써 분리시켜 놓았던 '이것'과 '저것'을 잠시 동안 다시 이어 붙인다. 그러므로 시 쓰기란 꽤나 다정한 행위인 것이다. 시를 통해 삶과 죽음, 꿈과 현실, 놀라움과 익숙함 같은, 어쩌면 애초에 둘이 아니었을지도 모를 것들이 서서히 양립하기 시작한다. 전혀 다른 것인 줄 알았던 것들이 하나이거나 하나를 향하는 스펙트럼의 일부가 된다. 멀어졌던 것들이 다시 만나고, 우리는 그러한 상봉의 목격자가 된다. 나는 갈수록 시라는 것을 착각의 축조를 (그것도 아주 열심인) 통해 언어의 근원적 결핍을 메우려 애쓰는, 애틋하고 귀여운 장르라 여기고 있다. 비록 그것이 아주 일시적인 순간에 불과할지라도 말이다.

사실 언어로 이루어진 구조물이라는 점에서 시는 이미 그 자체로 하나의 착각이다. 시는 현실과 표상 사이의 위계를 무화(하려는 시도를) 한다. 최근에는 이러한 시도의 불가능성을 인지하고 글쓰기 자체를 메타적으로 바라보는 시들이 자주 눈에 띄지만, 기본적으로 우리는 시를 언표들의 나열 이상의 것으로 감각하거나 감각하고자 하는 것 같다. 독자와 작자 모두 그럴 수 없음을 알면서도 그렇게 하고자 한다. 역시나 애틋하고 귀여운 일이다.

착각은 필요하다. 나는 잘 착각하고 싶다. 시는 착각의 왕이며 착각에 도달하는 지름길이고 시 쓰기는 착각의 얼기설기한 건축이다. 새롭게 착각하고 싶은 이들이 새로운 시를 원한다.

착각은 어쩌면 자유다. 이 자유는 관습으로부터의 자유다. 착각할 수 있다면, 관습을 미워하지 않으면서 새로운 곳으로 이동할 수 있다. 아니다. 어쩌면 착각을 통해 관습과 새로움 역시 양립할 수 있다. 물론 아주 잠시 동안의 일이겠지만. 이것은 내가 가장 사랑하는 시의 방식 중 하나다.

비슷하지만 다른 이야기를 조금 해보자면, 나는 바흐를 좋아한다. 바흐를 좋아하지 않는 사람이 있을까 싶지만 나는 조금 유별나게 좋아하는데 가끔은 하루에 열두 시간씩 바흐의 음악을 듣는다. 바흐를 한 곡도 듣지 않는 날은 일년에 열흘도 채 되지 않는다.

다른 클래식 곡들은 다양한 연주자들의 연주를 번갈아 재생하고는 하지만 바흐의 곡은 대부분의 리스너들이 그러하듯이 굴드의 연주를 주로 듣는다. 바흐를 좋아한다고 말하는 것은 한국인이 김치를 좋아한다고 말하는 것처럼 당연한 일이고 글렌 굴드가 연주하는 바흐라면 더욱 뻔한 일이 되겠지만, 가끔은 당연한 것을 더 구체적으로 말해 보고 싶을 때가 있다. 나는 굴드의 연주를 좋아하는데, 연주와 함께 녹음된 그의 독특한 허밍을 가장 좋아한다.

클래식 음악은 워낙에 예민해서 음반을 녹음할 때 연주자의 자연스러운 허밍이나 기타 작은 소음들을 제거하지 않는다고 한다. 소음을 제거하면 녹음된 연주 역시 손상을 입기 때문이다. 굴드의 음반 역시 마찬가지다. 가끔은 피아노 소리를 듣는 것인지 그의 목소리를 듣는 것인지 헷갈릴 만큼 허밍은 자유분방하고, 피아노 연주를 위해 목소리를 줄일 의향이 조금도 없어 보이는 그가 놀라울 지경이다.

처음 굴드가 연주하는 바흐의 곡을 들었을 때 그의 허밍이 너무나도 거슬려 음악에 집중을 할 수 없었다. 나는 피아노 소리를 듣고 싶은 것이지 애매하게 연주를 방해하는 사람 목소리를 듣고 싶은 것이 아니었기 때문이다. (게다가 그의 목소리는 그리 아름다운 편도 아니다.) 그러나 허밍이 더 이상 군더더기로 들리지 않을 때, 연주와 허밍 사이의 특권적 경계가 무너졌을 때 그 시간 전체가 음악이 되었음을 알게 되었다. 그리고 나의 마음은 훨씬 편안해졌다.

카를로 로벨리의 『시간은 흐르지 않는다』를 읽고 나서 시간이 우리가 생각하는 것처럼 일방향으로 흐르지 않는다는 사실을 알게 된 후 나는 시간의 비선형적 속성에 완전히 매혹되었다. 그에 따르면 "시간의 흐름을 특정 짓는 모든 현상은 이 세상의 과거에서 '특정한' 형태로 환원되며, 그 '특정성'은 우리의 희미한 시각에서 기인한다." 즉 시간이 '흐른다'고 느끼는 것은 인간 감각의 유한함 때문이며 시간의 실제 존재 방식과는 차이가 있다는 뜻이다. 나는 왼쪽에서 오른쪽으로 이어지며 선형적으로 나열되는 문자의 방식이 이러한 인간 감각의 유한함을 일부 구성한다고 생각했고, 시에서 언어를 새롭게 배치함으로써 시간의 비선형적 속성을 드러내고자 애썼다. 그러나 지금은 선형성과 비선형성이 다르지 않다는 것, 선형성은 사실 비선형성이기도 하다는 사실을 조금씩 알아 가고 있다. 음악과 허밍의 경계가 사라져 그 시간 전체가 음악이 되었듯이, 선형성과 비선형성이 서로를 거부하거나 배제하지 않고 양립할 때 내가 쓰는 시도 조금 더 아름다워지는 것 같다.

언어의 이상함, 언어의 불온함, 언어의 부족함, 그런 것들이 나를 시의 곁으로 데려왔다. 언어라는 공간은 늘 답답했지만 언어를 벗어나기 위해서는 언어를 사용해야만 했고 그러므로 시를 썼다. 언어에 매혹된다는 것은 구획 짓기나 판단하는 행위에 매혹된다는 뜻이기도 하다. 언어를 통해 이것과 저것의 다름을 파악하고 대상을 구분 지을 때 많은 것은 선명해진다. 그러나 나는 이제 이러한 파악, 판단, 구분 짓기, 그 모든 행위를 조금 지연시키고 싶다. 지연

시킴으로써 무엇이 가능해질지는 잘 모르겠지만……. 처음 언어에 매혹되었던 순간을 떠올리면 나는 그 모든 구분 짓기를 너무나 사랑했던 것 같다. 나와 타인, 내부와 외부, 삶과 죽음 같은 것들. 그러나 언어로 시를 쓰며 오히려 이러한 구분의 어설픔, 괴로움, 어쩌면 슬픔을 더 실감하게 되었다. 그래서 이제는 판단하지 않으려 노력해 보려고 한다. 구분을 무화해 보려고 한다. 세속에 사는 인간으로서 불가능한 것이겠지만 그럴 수 없음을 알면서 한 번 해보고자 한다. 이를테면 시간을 거스를 수 없음을 알면서 그렇게 해보기. 양립할 수 없는 것들을 양립시켜 보기. 믿을 수 없으면서 믿어 보기. 착각하기, 동시에 착각하지 않기. 이 모든 양가적인 것들을 수용할 수 없음을 알면서 그렇게 하기. 해보기. 일단 해보는 것이다. 이것이 요즘의 내가 시를 사랑하는 방식이다.

부드러운 반복

익사하지 않는 꿈

부드러운 반복

내 이름을 적기 위해 한 획을 그었다. 더는 글자를 쓰지 않고 손을 멈추었다. 종이를 서랍 속에 넣어 두었다.

어느 날 서랍을 열자 선은 녹슬어 있었다. 선에게는 시간이 존재하지 않을 텐데. 왜 이토록 많은 세월을 지나온 것처럼 보이는 거지.

몇 개의 선을 더 그어 보았다. 어린 선들이 생겨났다. 반짝반짝 빛나는 직선들이 조금 무서웠다. 만지면 손끝에 핏방울이 맺혔다.

선 위로 수없이 많은 선을 긋고 났을 때 종이 위에 학교가 지어져 있었다. 선들이 학교를 이루고 있었다. 얼떨결에 나는 그 학교의 선생이 되었다. 선으로 된 학생들이 나를 찾아왔다.

밤이 되면 학생들은 하나씩 지워졌다. 숱한 밤이 지나고 마지막으로 남은 한 명은 내가 처음 그은 선으로 만들어진, 녹슬고 오래된 학생이었다.

우리는 함께 수업을 했다. 나는 그에게 삼차원을 가르쳤다. 공이나 나무, 심장처럼 부피가 있는 것들, 그 속에 담기는 사랑이나 감기, 졸음 같은 것들도 가르쳤다. 선으로 된 학생은 몸의 이곳저곳이 끊어질 듯했지만 언제나 열심이었다. 총명한 선이었다.

그는 종이 밖으로 나가는 방법을 연구하고 싶어 했다. 그러나 아무리 노력해도 방법은 없었다. 나는 몹시 안타까웠다. 선을 데리고 종이 밖으로 나갈 수는 없을까.

어느 날 선으로 된 학생이 쓰러졌다. 그는 숱한 점으로 찢어지고 있었다. 나는 점을 주워 담으며 울었다. 학교가 새하얗게 불타고 있었다.

주먹 속에 들어찬 점들을 어떻게 해야 하는지 알 수 없었다. 불길 속으로 빨려 들어가지 않도록 꽉 움켜쥐고 있을 뿐이었다.

울다 보니 나는 노인이 되어 있었다. 흩날리는 지우개 가루 속을 걷고 있었다. 눈보라 밖에서 거대한 지우개의 형상이 나를 가르쳤다. 주먹 속을 보라고. 그러면 그곳에서 나올 수 있다고.

그러나 나의 주먹은 종이 밖에서 무언가 쉴 새 없이 적어대고 있었다.

팔 끝이 텅 빈 채로 나는 계속해서 걸어갔다.

익사하지 않은 꿈

잠을 뚫은 비가 꿈속에 쌓인다. 물은 누구의 테두리인가. 물 밖으로 나갈 수 없다. 물속에서 물은 표면을 상실한다. 파도를 상실하고 물결을 상실한다. 나는 피부를 상실하고 떨림을 상실한다. 아무것도 이룩하지 않는, 동시에 거두어지지 않는 물, 어둠처럼 사방에 그러나 빛이 들이쳐도 얇아지지 않는 물을 뭐라고 불러야 하나.

고민 끝에 물은 장소다. 잠긴 몸은 물을 왜곡하고. 닫힌 물이 몸을 굴절한다. 물은 가끔 물 밖으로 태어나려 한다. 사실 몸은 그러한 시도의 흔적이다. 나는 기억력이 나쁜 편이다. 기억 속에서 숱하게 밀려나고 밀어낸다. 기억은 물인가. 그러나 이제 이러한 질문조차 기억나지 않는다. 질문이나 기억이나 그런 것과는 무관하게 숨이 막힌다. 그러니까 물이 폐에 들어차고 있구나. 감은 눈이 물속으로 나의 머리를 밀어 넣고 있구나.

김선오

다시 이야기해 보기로 한다. 2011년 여름 나는 친구들과 바다 여행을 갔다. 선크림을 바르고 파라솔을 빌리고 대천 해수욕장에서 저물녘까지 수영을 했다. 나는 수영을 잘하지 못한다. 그러나 그날만큼은 수영의 어떤 흉내를 내보고 싶어서 조금 더 깊은 곳으로 들어갔던 것이다. 한 걸음을 내디뎠을 뿐인데 목 언저리 즈음 오던 바다가 순식간에 내 키를 넘어섰다. 멀리서 친구들의 웃음소리가 희미하게 들려왔다. 나는 스무 살인데. 그런 생각을 했다. 스무 살인데. 바다에 빠져 죽다니. 나는 스무 살인데.

쌓인 것은 비인가. 비는 언제까지 비인가. 비는 해수면에 닿는 순간 바다라 불린다. 비는 혼자일 때 빗방울이라 불리는 편이 낫다. 그러니까 꿈속에 비가 쌓인다는 표현은 틀렸다. 비는 차곡차곡해질 수 없다. 빗방울은 손등에 닿는 순간 무너져 버린다.

물 밖으로 나갈 수 없다는 말은 꿈 밖으로 나갈 수 없다는 말과 동일한가. 십 년 전 대천해수욕장의 바닷물이 왜 어젯밤의 꿈속으로 흘러 들어오는가. 그런데 그 물은 해수욕장의 물이 아니었고 이국의 바닷물도 아니었고 물이라는 공간이었다는 것, 그곳의 온전함이 나를 가두고 나를 기르는 듯했다는 것, 물이라는 시간이기도 했다는 것, 통과하며 내가 어찌할 바 몰랐다는 것.

친구들의 웃음소리가 파동이듯이 기억이 파동이듯이 어깨동무를 하고 버스를 타고 해수욕장으로 향하던 우리가 파동이듯이 그해 여름의 유난스러웠던 더위가 한낮의 맨발들이 은빛 돗자리 위에 아무렇게나 내던져 둔 배낭들이 파동이고 우리의 툭 튀어나온 뼈가 우리의 눈 맞춤이 모두 파동이듯이 그날의 노을이 노을빛 묻은 모래들이 다, 모두 다, 그래서 물속에서는 도저히 들리지가 않고 보이지가 않고 기억나지가 않는다는 것, 물이 파동을 삼켜 버리는 바람에, 물속은 꿈속이 되어 버린다는 것.

나는 기억력이 나쁜 편이다.

— 키 큰 친구 한 명이 화들짝 놀라 나를 구해 주었을
수도 있다. 멀리서 구급대원이 달려와 나를 건지고 심폐소
생술을 해주었을 수도 있다. 아니면 밤이 되어서야 바다
한가운데에 시체로 둥둥 떠올랐을 수도 있다.

— 서른 살인 나는 그때 죽은 내가 꾸는 꿈일 수도 있다.
그렇다면 어젯밤의 꿈이 사실은 꿈이 아니고 물속이었던
그날로, 그날의 현실로 잠시 깨어난 것일 수도, 어쩌면 내
가 잠겨 가는 순간은 그곳에서 영원히 상영되고 있으리라
는 것……

손 미

2009년 월간 『문학사상』 시 부문 신인문학상으로 작품
활동을 시작했다. 시집 『양파 공동체』 『사람을 사랑해도
될까』, 산문집 『나는 이렇게 살고 있습니다 이상합니까』,
산문시집 『삼화맨션』이 있다. 2013년 <김수영문학상>을
수상했다.

산 것도
죽은 것도
아닌

산 것도
죽은 것도
아닌

나는 공간을 서성이는 유령이다. 자주 공간을 횡단한다. 이것은 마음을 이주시키는 나의 소심한 방법이다. 계획 없이 기차를 타고, 먼 빙하의 나라로 떠나는 비행기를 타고 스물몇 시간 동안 몸을 옮기는 이유다. 나의 체취가 없는 낯선 공기 속으로 나의 몸이 관통할 때마다 살갗에 달라붙는 생경함.

그런 곳에 시가 있다. 처음 가보는 역에, 사막 밤하늘의 빼곡한 별에, 장례식장에서 만난 모르는 사람의 목덜미에 시는 숨어 있다. 느닷없이 떠오르는 시를 붙잡기 위해 자주 수첩을 연다. 수첩을 여는 것은 문을 여는 것과 같다. 살갗에 붙은 말과 감정, 이야기를 수첩의 문을 열고 가둬 두는 것이다. 거기에 말들은 봉인된다. 사나운 악령이 갇힌 부적처럼 말이 봉인된 종이는 힘이 세다.

연극이나 영화를 보러 가도 늘 메모를 한다. 암전된 극장에서 수첩을 열고 글씨를 휘갈긴다. 암전된 극장에서 떠오르다가 사그라드는 말이 있을까 봐. 그 어떤 말이 시가 될까 봐. 휘갈겨 쓴 말들은 이 세상의 것이 아닌 것처럼 보이기도 한다. 그것은 마치 영화 〈오르페의 유언〉에 나오는 "시인은 시를 쓰기 위해 산 것도 죽은 것도 아닌 언어를 쓴다."는 대사를 떠오르게 한다. 나의 수많은 수첩 속에는 산 것도 죽은 것도 아닌 말들이 갇혀 있다. 첫 시집을 내고 세어 본 수첩의 수는 열일곱 개. 아니 어쩌면 그보다 많은지도 모른다. 새 수첩을 꺼내 메모를 시작할 땐 시작하는 날짜를 써놓는데 수첩 속에는 그 나이의 내가 들어 있다. 시를 쓰겠다고 다짐하고 늘 수첩을 준비해 가지고 다녔으니 햇수로 따져도 십오 년이 넘었다. 그동안 나의 수첩은 고리 달린 단어장이었다가 책을 사면 출판사에서 끼워 주는 사은품 수첩이었다가 파리의 어느 서점에서 발견한 이만 원이 넘는 반짝이는 고급 수첩이었다가 나무의 질감을 가진 커버 수첩으로 모양을 바꿨다.

수첩에는 시가 된 문장도 있지만 대체로 시가 되지 못한 문장이 많다. 메모할 당시에는 시가 될 것 같은 기대감에 끄적거려 보지만 시간이 흘러 들여다보면 힘이 빠지고 평범한 문장으로 읽히기도 한다. 또, 무슨 의도로 메모를 했는지 알 수 없는 것도 많다. 어떤 의도로 써두었는지 문장의 앞뒤에는 어떤 이미지를 그렸었는지 까마득하다. 이를테면 이런 문장들이다.

여가수는 머리 하나가 더 솟아 있는 것을 보았다
머리들이 싸운다 여기서 달아나야 해

내가 살았던 집에 살았던 사람들

내 속에서 나온 난쟁이들이 나무로 기어 올라간다

죽었는데 걸어가는 건 무엇인가

여가수의 머리는 왜 하나가 더 솟아났는지, 그걸로 무엇을 쓰고 싶었는지 도통 모르겠다. 아마도 내가 살기 전, 그 집에 살았던 사람들이 벽지나 못 박힌 자국 등 생활의 흔적에 덧칠하듯 사는 모습을 그려 보고 싶었던 것 같다. 그

러나 이것도 시가 되진 않았다. 나머지 문장들도 마찬가지
다. 메모해 둘 당시엔 잘 엮으면 시가 되겠다는 기대감이
있었는데 몇 년이 지난 지금은 문장 하나에 걸려드는 다른
문장이 없다. 그럼 다시 문장들은 수첩에 봉인되는 것이다.

   한 번은 식물원에 가 낯선 식물을 보았다. 열대 식물이었
는데 두툼한 줄기 전체에 커다란 잎이 돋아 있었다. 아래부
터 잎이 떨어져 나갔는데 그 자국이 꼭 눈동자 같았다. 수
첩을 꺼내 이런 말을 썼다. *비핀나티피덤필로덴드론, 저렇*
게 많은 눈동자들. 허리에서 한 무더기의 잎이 떨어지는 나무.
   그날 밤 나는 봉인된 말을 꺼내 시를 썼다. 물론 메모만
으로는 시가 되지 않는다. 거기에 상상력을 가미하는데 주
로 나의 상상은 입장 바꾸기다. 바라보는 자와 보이는 자를
바꿔서 생각하기. 나는 저 식물에게 어떻게 비칠까. 어쩌면
저 식물은 나를 보며 악몽이라고 생각하지 않을까. 사람이
되는 꿈을 꾸는 것이 식물에게는 가장 끔찍한 꿈이 아닐까
하는 생각. 그런 생각은 시를 짓는다.

     사람이 되는 꿈을 꾸었어
     사과에 찔리는 꿈

손 미

(······)

허리에서 한 무더기 잎이 떨어지는

꿈.

　　　　　　　　－「비핀나티피덤필로덴드론의 고백」 부분

　「고층 아파트 유리를 닦는 사람」도 하나의 장면에서 시
작했다. 30대 초반 작은 디자인 회사에서 근무한 적이 있
다. 책상에서 다육이 하나를 키웠는데 다육이는 죽지 않는
다는 불멸의 소문과는 다르게 나의 다육이는 잎이 시들어
가고 잎이 하나씩 떨어졌다. 다육이도 나처럼 숨이 막히는
것 같아 창밖에 내놓고 한참을 바라보았다. 작고 동그란 다
육이가 나 대신 햇빛도 쐬고 바람도 마셨다.

　그때 갑자기 위에서 뭔가 떨어졌다. 사무실은 2층이었는
데 위층에서 뚝 떨어진 거대한 물체가 창밖에 대롱대롱 매
달려 있었다. 나는 곧바로 그것이 사람이라는 것을 알아차
렸다. 장화를 신은 성인 남성이 창밖에 대롱대롱 매달려 창
문을 닦고 있었다. 눈이 마주쳤는지도 모르겠다. 그 장면은
정확히 기억이 안 난다. 다만 장화를 신은 남자가 한 발로
창문을 짚어 중심을 잡고 창밖을 열심히 닦고 있었다는 것,

나는 그 안에서 키보드를 두드리며 그와 눈이 마주치지 않으려 일부러 모른 척 했다는 것, 그 장면이 꽤 큰 충격이었다는 것, 수첩을 열어 메모를 했다. 고층 아파트 유리를 닦는 사람, 공중에서 떨어진 사람, 유령 같은 사람.

이 장면도 시가 됐다. 이 장면은 애니메이션 〈충사〉를 보고 적은 문장과 뒤섞였다. 〈충사〉에서 주인공이 실을 따라가는 장면이 나오는데 그 장면은 메모장에 "줄을 잡아당기면 다른 곳으로 갈 수 있다."로 기록됐다. 창밖에서 유리를 닦는 사람의 줄과 애니메이션의 실은 하나의 이미지로 얽히고, 충돌하고, 신선해졌다. 목숨을 담보로 잡고 있는 저 줄은 어쩌면 다른 세계와 이어져 있을지 모른다는 생각이 들었다. 저 줄만 따라가면 다른 세계로 갈 수 있을까. 그렇다면 갑자기 뚝 떨어진 저 사람은 다른 세계에서 온 게 아닐까. 그런 상상들은 한 편의 시가 됐다.

흔들린다

줄을 당겨 다른 곳으로 가려는 시도
아무도 없어?

　　　　　　　　　　－「고층 아파트 유리를 닦는 사람」 부분

메모는 시도 때도 없이 하는 것이라서 무언가 딱 떠올랐을 때 짧은 순간에 써두어야 한다. 그런 순간은 운전을 할 때도 예외는 아니다. 운전을 하면서 학교에 가던 중 신호에 걸려 차가 다리 위에 섰던 적이 있다. 공단 근처라서 덤프트럭이 쌩쌩 지나가는 다리였다. 내 작은 자동차는 다리 위에 서 있는데 옆으로 쌩쌩 지나가는 덤프트럭의 무게로 인해 다리는 출렁였다. 정말 온몸의 감각이 열릴 정도로 출렁였다. 그 순간 떠오르는 게 있었다. 만약 이 출렁임이 거인이 걸어오는 진동 때문이라면? 그 거대한 사람이 나에게 오고 있는 중이라면? 나는 신호가 바뀌기 전에 서둘러 가방을 뒤져 수첩을 찾아 메모했다. *다리가 출렁인다. 누군가가 걸어오는 것 같다.*

이 문장도 다듬어져 시가 됐다. 다리가 출렁이도록 걸어오는 사람은 나에게 큰 의미가 있는 사람일 거고, 아마도 그 사람은 오랫동안 오는 중일 거다. 어쩌면 일생을 거쳐 오는 중일 거다. 아득히 멀고 거대한 존재의 울림. 그런 감각은 「최선」이라는 시가 됐다.

금방 갈게
그렇게 말하던 너는 오는 중이고

나는 노인이 되고 있다

(……)

쿵, 쿵 누가 오고 있어
다리가 출렁인다

너는 살아 있는 것 같다

—「최선」부분

　피부 속에 박힌 실체 없는 감각을 감자처럼 캐낼 때 메
모는 좋은 도구가 된다. 메모는 또 다른 메모와 만나 충돌
하고 거기서 새로운 이야기로 확장된다. 그래서 처음 머릿
속으로 생각했던 시의 방향과 정반대 방향으로 시가 완성
되기도 한다. 그래서 시는 재밌다. 미지의 길로 알아서 흘
러간다. 시는 지도가 없어서 사방으로 길을 낸다. 출렁이는
다리와 한 사람의 걸음이 충돌해 그리움이라는 길을 낸다.
다리 위 자동차에서 다급하게 메모를 할 때는 이 시가 그
런 결말에 도달할 거라는 상상을 하지 못했는데, 메모를 열
고 가만히 시를 정리하다 보면 나도 모르는 새로운 이야기
가 탄생한다.

메모는 괴상한 상처와 만나 더 잘게 부서지기도 한다. 살이 벌어진 틈으로 핏물과 진물이 다 메마를 때까지 상처를 두고 보면 무뎌지고 둥글어진 시가 보인다. 늦은 밤에 애인이 나를 수색역에 두고 간 적이 있다. 그것은 분명 아픈 상처와 기억이다. 거기에 메모장 어딘가에서 컵이라는 단어를 찾아냈는데 상처와 컵은 이상하게 닮았다고 생각했다. 이렇게 두 이미지가 충돌한다. 전혀 상관이 없던 이미지들은 행성과 행성의 충돌처럼 전혀 새로운 물질로 탄생하는데 그렇게 쓴 시가 「잘게 부서지는 컵」이다.

누군가를 잊기 위해 내가 하는 가장 원초적인 방법은 그의 장례를 치르는 것이다. 살아 있는 자의 장례. 그것이 나의 몸과 마음을 거기가 아닌 여기에 안치하게 만드는 방법이다. 달려가지 않고 전화 걸지 않고 여기에 고요하게 머물 수 있는 방법이다. 그런 장례는 깨진 컵과 같다. 깨진 컵은 쓸모가 없고 그것은 부서진 뼛가루처럼 고요한 장례를 치른다. 어떤 추모도 없이 버려지는 컵처럼. 그러나 가루를 밟으면 자국이 찍히는 컵처럼 목이 부러진 꽃을 꽂아 두었던 컵처럼, 살아 있는 사람을 고요하게 장례하는 것이다.

이미지와 단어의 충돌은 전혀 새로운 결말을 가져오고 그렇게 새로운 길이 열리는 순간 시의 희열이 온다. 대체로 시를 쓸 땐 고통스럽고 괴롭다. 무엇을 써야 할지 어떻게 풀어 나가야 할지 길을 내는 것은 콘크리트를 뚫고 가는 것만큼 막막하고 두려운 일이다. 그러나 이렇게 메모와 메모의 충돌로 인해 생긴 나만의 문장이 길을 내는 순간, 시는 완성된다. 시에 마침표를 찍는 순간 오는 기쁨은 그 어떤 것과도 바꿀 수 없다. 세상에 없던 문장을 썼다는 쾌감, 그리고 그것이 하나의 상처를 딛고 넘어갔을 때의 희열. 그래서 우리는 시를 쓴다.

나는 펜만 들면 시를 써 내려가는 천재가 아니기 때문에 메모가 필요하다. 낯선 공간에 가 몸에 달라붙는 생경함을 적어 놓은 기록들. 순간순간 떠올랐던 다양한 감정들. 그것이 내 시의 가장 큰 무기이고 계속 쓸 수 있다는 자신감이다.

그래서 시 쓰기가 막막해질 땐 오래된 수첩을 연다. 이제 수첩의 개수는 24개, 25개로 늘어났다. 그러나 수첩 속 내용은 처음 메모를 시작했을 때와 별반 다르지 않다.

식물 버리기, 식물은 어떻게 버려야 하는가

나무에게 비밀 말하기

이런 말들은 수첩 속에 질서 없이 적혀 있다. 메모가 많다는 것은 재료가 많다는 것이다. 냉장고에 재료가 많으면 할 수 있는 요리가 많아진다. 메모가 빈곤하면 쓸 수 있는 시도 빈곤해진다. 그러나 그 메모도 빈곤해질 때가 있다. 같은 단어, 같은 문장들로만 채워질 때가 있다. 그래서 계속 새로운 메모거리를 찾아 낯선 공간에 방문한다. 그곳이 꼭 먼 곳일 필요는 없다. 한 번도 걸어 보지 않은 길, 소도시의 전시장, 시골 터미널의 커피숍, 새로 생긴 식당, 용기 내 걸어 보는 전화, 맨발로 걷는 오솔길, 그 어떤 것이든 살 갗을 스쳐 가는 서늘함이 있다면 무엇이든 쓸 수 있다. 그리고 낯설게 다가오는 모든 것을 휘갈겨 쓸 수 있는 수첩만 있으면 된다. 수첩에 적힌 말들은 봉인되면서 힘이 생긴다. 이 얇은 종이 한 장으로 은밀한 세계를 창조할 수도 있고, 오래 사랑했던 사람을 장례할 수도 있다.

나의 시 쓰기 방법은 너무 진부해서 새로울 것이 없다. 메모해 두고 거기에 생각을 더해 쓰는 것. 이것은 모든 시인들이 시를 쓰는 방법이자 모든 예술가들이 예술을 하는 방법이다. 이것 말고 내가 실천하는 시 창작 방법은 없다.

그러나 한 가지 분명한 것은 내가 시를 좋아하지 않으면 시도 나를 좋아하지 않는다는 것. 시는 내가 생각하는 만큼만 나에게 곁을 준다.

산 것도 죽은 것도 아닌 말들은 지금도 종이 사이사이에 살아 있다. 메모하는 것은 시의 문을 두드리는 일이다. 이 말들은 대부분 버려지고 시가 되지 않는다. 그러나 이 말들 중 어떤 말에 힘이 실려 시의 문이 열릴지 모를 일이다. 그러니 더 샅샅이 살펴야 한다. 이파리가 뜯겨 나간 식물의 몸에도 시가 있고, 출렁이는 다리 위에도 시가 있다. 깨진 머그컵에도 시가 있고 목이 부러진 꽃에도 시가 있다. 시를 발견해 수첩에 봉인하기 위해서는 다양한 공간을 횡단해야 한다. 나를 이주시켜야 한다. 자주 문을 열고 왕래해야 한다.

Poem

잘게 부서지는 컵

역방향

잘게 부서지는 컵

수색역에서
너는 나를 두고 갔다
나는 내 앞에 앉았던 너를 자르고 잘라
컵 속에 넣고 마셨다

그러니 다시 온 너는 허상이다

여름에 나는 너에게 헌화했다
추모식은 고요했고
나는 가루를 넣고 커피를 저었다

컵들을 창밖으로 던진다
이제 컵을 던져도 너의 등에 맞지 않는다
아무에게도 닿지 않는다

부서져 가라앉은 너를 밟고

내가 걸어간다

바닥마다 네가 찍혀 있다

깨고 나가면,
깨고 나가면,

열리는 걸까

컵처럼 걷는 사람들
톡 치면 와르르 깨질 것같이

매일 아침 컵 속에 얼굴을 숙이고
이게 뭐지?
이게 뭐야?
고여 있는 제 눈과 마주치는 사람들

손 미   155

오늘이 정말 마지막이야
컵을 사이에 두고 마주 앉은
사람들이 테이블을 쓸어
손바닥에 묻은 가루를 털었다

매일 사람을 죽인다
플랫폼에 서 있는
사람을 매일 매일

잘게 부숴 마신다

꽃을 컵에 담가 두면
목이 분질러진다

너의 목은 안전할까

마시고 내려놓았는데
다 마셨는데

바닥마다 네가 찍혀 있다

가라앉은 가루들
뒤척일 때마다 등에 달라붙는
나의 피부들

위층에서 컵 떨어지는 소리가 들린다

정말 너의 목은 안전할까

역방향

등으로 달려갔다 끝까지 널 응시하면서
잘 잊었으니 내게 상을 줘야 한다

뚫고 지나갔던 공기가 다시 모이고 뚫고 갔던 몸이 다시
온전해지기까지

세상의 모든 기차가 출발하고 있다

지루한 날마다 지루한 송충이를 따라갔다
송충이는 기어서 기어서
나무에 오르다가
손을 모으고 나무에 얼굴을 묻은 사람의 티셔츠 속으로
떨어졌지

끝나지 않는 터널을 지나는 기차
포식자의 위장을 내려가는 산 물고기

여기는 어디인가

나는 어디로 가는 걸까
행성을 뒤집어서 우리의 방향이 바뀐다면

마주 볼 수 있을까

나는 자주 너의 꿈을 꾼다
내가 잘못한 걸까

잘 살 수 있을까.
없이,
너 없이,
없이,
우리 없이,

손 미

두 손은 언제까지 두 개일까
우리는 언제까지 상관있을까

등으로 달려간다
끝까지 마주 보면서 멀어진다

김연덕

1995년 서울에서 태어났다. 2018년 <대산대학문학상>
으로 작품 활동을 시작했으며, 시집으로『재와 사랑의 미
래』, 산문집으로『액체 상태의 사랑』이 있다.

Essay

나의
궁전

나의
궁전

나는 평소에도 공간의 영향을 많이 받는다. 자는 곳, 뛰는 곳, 글을 쓰는 곳, 식물을 고르는 곳이나 책을 고르는 곳, 발표하는 곳, 이동하는 곳, 볼일을 보는 곳, 거울을 보는 곳, 창피를 당하고 눈물을 쏟아 그것을 추슬러야 하는 곳(이때 장소는 분리될 수도 분리되지 않을 수도 있다.), 사랑을 말하는 곳.

무궁무진한 공간도 공간이지만, 각각의 공간이 품고 있는 깊이와 넓이, 조도, 바닥과 벽의 재질, 가구들, 야외에 노출된 정도, 소음, 냄새, 문과 계단들은 나에게 때때로 어떤 감정들만큼이나 생생하게 감각되고, 그 차이들 역시 바로 느낄 수 있다. 이런 복잡하고 총체적인 요소들이 모여 공간은 나에게 편안한 곳, 답답한 곳, 말을 잃게 하는 곳, 전자와는 다른 의미로 아무런 언어도 선사하지 못하는 곳, 잊을 수 없는 상흔을 남기는 곳, 가벼운 곳, 다른 시간대로 한번 건너가게 해주는 타임머신 같은 곳 등이 된다.

어쩌다 시인이 되었고 왜 시를 쓰냐는 질문을 받을 때마다, 나는 답답한 것이 많아서라고 했다. 시도 때도 없이 가슴이 답답한데 주변 사람들은 잘못한 것이 없어서, 혹은 그들의 잘못이 너무 명징해 그것을 평소 하는 말들로는 할 수 없거나 하고 싶지 않을 때. 지금 내가 갖고 있는 언어로는 답답함을 돌파할 수 없을 것 같을 때 빌려오는 공간이 시인 것 같다고. 돌이켜 보면 나에게 기쁘거나 슬픈 자국을 남긴 순간들 곁에는 늘 구체적인 공간이 있었다. 모든 일을 공간 탓으로 돌릴 수는 없겠지만, 많은 부분 공간 때문에 답답하고 공간 덕분에 참아지는 날들이 있었다. 공간 때문에 나는 더 둔하고 더 예민해지곤 했다. 내 시에는 그래서 공간이 중요하다. 대충 실내, 대충 야외, 대충 테라스가 아니라 어떤 재질과 어떤 무늬와 어떤 창이, 어떤 빛이 들어오고 있는지가, 경사의 가파름과 계단의 수와 창밖으로 보이는 몇 겹의 공간들을 실제 살고 있는 공간처럼 살아 보는 것이 중요하다. 나는 공간 없이 어떤 시도 시작해 본 적이 없다. 대강 그려 놓고 조금씩 확장시켜 본 적도 없다.

과하다 싶을 정도로 자세한 디테일들이 필요했다. 세계와 단번에 접속하지 못하는 내가, 자꾸만 풍경의 일부로 튕겨 나오는 내가 그렇게 외롭고 이상하고 복잡했기 때문에. 공간의 요소들에게 숨구멍을 만들어 주고 싶었다. 왜곡된 형태의 것이더라도, 그들이 반겨 주지 않더라도 그들만의 방식으로 말이다. 실제로 「그릭 크로스」 같은 시에서는 "뛰쳐나가고 싶은 대들보로 가득한 실내"와 같은 표현을 썼다. 대들보는 공간의 핵심 격이라고 할 수 있는 천장을 구성하는 하나의 공간이지만, 그 자신이 뛰쳐나가고 싶은 하나의 부분이라면 대들보의 이 욕망은 받아들여지지 않는 종류의 것, 전체 공간에 접속되지 못하는 것, 대들보의 내면을 긁히게 하는, 즉 대들보에게 시가 시작되는 부분일 것이기 때문이다. 작은 공간들에게 감정이입을 많이 하게 되었다.

시를 시작하기에 앞서, 공간을 구성할 때 택하는 방법은 다음과 같다.

1. **실제로 가봤던 공간.** 즉 지금 내 루틴을 둘러싸고 있는 현실의 공간(대중교통, 집, 직장, 마트, 편의점, 산책길), 휴

가로 다녀온 지 얼마 되지 않은 공간, 교회, 단골 가게, 좋아하는 빈티지샵, 좋아하지 않는 평범한 일상의 공간 등이 이에 해당한다.

2. **너무 오래되어 어렴풋한 이미지로만 남아 있는 공간.** 공간을 겪은 지 얼마의 시간이 지났느냐는 크게 중요하지 않다. 물론 물리적으로 오래된 유년의 특정 공간들은 해당되겠지만, 최근 겪은 일이더라도 '오래되었다', '기억나지 않는다'고 느껴지게끔 하는 공간들이 있으니까. 커다란 감정들과 공간이 결부되어 있을 경우 말이다. 반대로 유년의 기억이지만 1의 기억과 같이 느끼는 이도 있을 것이다.

3. **가본 적 없지만 상상으로 가보는 공간.** 내가 경험한 적 없거나 앞으로도 경험하기 어렵겠다고 느끼는 공간, 실제로 가보지 않는 공간이 이에 해당한다. 과거의 공간이나 미래의 공간, 또 다른 나를 만나는 공간, 밀림, 우주, 바다에 검은 빙하 조각들이 떠다니는 아이슬란드 해변, 하와이의 오두막, 책장과 책장 사이, 컵 안, 중세의 성 같은 공간들이 이 항목에 속할 수 있을 것이다.

나는 1부터 3까지의 공간들을 뒤섞는 방식으로, 그러니까 익숙하고, 어렴풋하고, 직관적으로는 전혀 그려 볼 수 없는 공간들을 하나의 시에 마구잡이로 가져오는 식으로 시의 공간을 만든다. (물론 빛이 얼마큼 들어오는지, 얼마큼 춥거나 덥거나 산뜻한 공간인지, 다른 자세한 부분들은 어떠한지 역시 순발력 있게, 때론 즉흥적으로 결정해야 한다. 모든 세트가 갖춰진 뒤 써야 할 '최초의 문제'가 뭉뚱그려진 관념이 아닌 정말 나에게 구체적인 공간처럼, 들어와 앉거나 눕거나 돌아다닐 수 있는 문제로 여겨지며, 그래야 몰입이 된다. 무아지경으로 빠져들 수 있다.) 현실의 공간이 답답해 시를 쓰게 된 것이므로, 현실의 공간만으로는 불충분하다. 시를 위해 새로운 언어를 개발하듯, 용기를 갖고 새로운 공간들을 현실에 덧입혀야 한다. 중요한 것은 '덧입혀야 한다'는 것이다. 현실의 공간과 시 사이에 어떤 연결점도 만들어 놓지 않으면, 1의 공간은 등한시한 채 2나 3의 방식으로만 만들어 버린다면, 현실에서 당장 느끼는 감정들 중 일부는 조금도 건드려지지 않은 채 시와 분리되고 말 것이기 때문이다.

유연한 개척자의 마음으로, 적절한 비율로 섞는 것이 필요하다.

이를테면 첫 시집에 실린 시 「삼각산」에서의 현실 공간은 '애인과의 일들로 갈등을 겪으며 고민하고 있는 책상 앞'이다. 이 시에서 나는 책상에 앉아 줄곧 골몰하다가 목재 계단을 타고 올라가는데, 집 안을 감싸는 이미지는 어렴풋한 유년기에서부터 도착한 이미지, 그러니까 외할머니 댁의 목재 바닥과 동남아시아 나무 소재의 가구들, 휘감아 올리듯 곡선으로 신기하게 꺾어지던 나무 의자에서부터 온 이미지다. 지금 내가 겪고 있는 고민들이 현재에만 국한된 문제가 아니라 과거, 아마 모든 것을 어렴풋하게만 느끼던 유년기에서부터 시작되었을 것이란 인식에서 외할머니 댁의 여러 이미지를 가져온 것이다. 목재 계단을 올라 문을 열면 눈 쌓인 산과 숲이 펼쳐지는데, 현실에서는 불가능한 공간 전환이다. 이 공간이 3에 해당된다고 할 수 있겠다. 실내의 한 요소를 무심코 오르거나 열었을 때 완전히 낯선 자연으로 연결되는 세계관은, 어릴 적 보았던 영화 〈나니아 연대기〉에서 영향을 받았다. 영화의 다른 부분은 제대로 기억나지 않지만 옷장 속에 들어갔을 때 다른 모험적인 공간으로 연결되는 장면만은 생생하게 남아 있었다.

「삼각산」에서 애인과의 심각한 문제를 겪고 있던 나는, 그 문제들을 그대로 품은 채 여러 공간들을 통과했다. 유년 시절의 어두운 목재 공간, 계단을 오르면 연결되는 너무나 추운 산 정상까지. 이상하게 공간들과 사이를 조용히 질주해 이동하고, 숨 가쁘게 오르고, 다시 책상 앞으로 돌아오니 그 문제는 아주 작아져 있었다. 손안에 얼음을 쥔 채 잠깐의 시간만 견디면 그것이 어느새 형체도 없이 사라지고 말 듯, 그렇게 애인과의 답답한 문제들이 시의 말미에 이르러 서서히 해소된 것이다. 신기한 일이었다. 전혀 다른 공간들과 사이를 돌아다녔을 뿐인데 부피가 작은 시에서조차 내가 조금 다른 사람이 되었다는 것이. 2와 3을 거치고 다시 1로 돌아오는 일 역시 그렇기에 내게 중요했다. 책상 앞에 돌아온 내가 이제 무엇을 보고 있는지, 마지막으로 어떤 말을 할 것인지를 결정하는 일이 중요했다.

　최근 썼던 시 「그다지 중요하지는 않은 한 시기가 뚜렷하고 촌스럽게 흐르는」에서의 공간 구성도 비슷하다. 첫 시집에서 사랑과 사랑을 전념하는 일에 골몰했다면, 요즘 내가 고민하고 있는 주제는 '부끄러움'이다. 단순히 가까워지고 싶다는 마음, 조심스럽고 귀여운 감정으로 느끼는 부끄러움이 아닌, 내가 돌발적인 말이나 행동을 한 것에서 오는 후회스러운 부끄러움이므로 어떤 면에서는 '수치'라는 단어가 더 적절할지도 모르겠다. 어쨌든, 「삼각산」에서와 마찬가지로 이 시도 책상에서부터 시작된다. 책상은 물론 글을 쓰는 공간이기도 하지만, 거추장스럽게 느껴지는 감정을 잠시 지연시키고 싶을 때, 그저 멍하니 창밖을 바라보고 싶을 때 앉는 공간이기도 하다. 이것을 쓸 때의 상태는 후자에 속했다. 시를 완성하고 3개월이 지난 지금은 대체 내가 왜 부끄러웠는지조차 희미하지만, 당시에는 내 부끄러움을 둥근 얼음처럼 만들어 손에 쥔 채 굴리지 않고서야, 녹게 하지 않고서야 살아갈 수 없을 만큼 부끄러웠다. 내게는 부끄러움을 제대로 직면할 만한 새로운 공간이 필요했다.

이번 단계에서는 2를 건너뛰고 바로 3으로 넘어갔다. 내 마음속에 거대한 곰들이 걸어 다니는 초원을 만들고, 그곳으로 나를 들이민 것이다. 그리고 그 곰들 중 한 마리와 눈을 맞추게 했다. 그는 나의 화신이었다. 나와 완전히 겹쳐지지는 않지만 나와 너무 닮은, 제때 화를 잘 못 내는 둔하고 무겁고 슬픈 곰. 시에서 곰을 무시하기도 하고 보고 싶어 하지 않기도 하지만, 결국 나라는 것을 인정하게 되었다. 내 화를 존중해 줄 이는 나밖에 없다는 걸, 녹게 두고 싶었지만 녹지 않는 얼음(화)도 얼음 자체로 중요하다는 걸, 이 시를 육체적으로 통과해 오며 알게 되었다. 앞에서도 이야기했지만, 결국 나를 움직이게 하는 건 공간의 디테일, 공간으로의 불가능하고 아름다운 도약이었다. 어떤 시에서든 진짜 이야기를 하려면 나 자신을 완전히 쏠리게 하는 일, 몰입시키는 일이 필수적이었으므로. 공간만 펼쳐지면, 거기서 만나야 할 것을 만나게만 하면 시는 자동으로 움직였다. 때문에 시작법에 관해 무엇을 말할 수 있을까, 역량이 부족한 탓에 구체적으로 말할 수 있는 것은 하나도 없지만 공간에 대해서라면 뚜렷하게 말할 수 있을 것 같다. 나를 몰입시켜 줄 공간을 만들 것.

어떤 공간에 있을 때 내가 가장 혼자 되는지, 무장 해제되는지, 누군가의 품에 안긴 것 같은지 묻는 것도 중요하다. 현실 공간에서는 너무나 많은 제약이 있다. 공간의 소음과 공간을 채우는 사람들과 나를 집중하지 못하게 하는 빛의 양, 천장과 벽과 바닥의 재질들이 있다. 시간의 제약도 있다. 갑부가 아니고서야 한 공간에 무한정 오래 머물 수는 없기 때문이다. 반대로 피하고 싶은 공간에 강제로 머물러야 하는 상황도 있다.

나는 늘 내가 나답게 말할 수 있는 부드럽고 작은 무대를 마련해 주고 싶었던 것 같다. 좋아하는 만큼의 빛이 들어올 수 있게끔, 내게 최적화된 색의 창유리를 자르고 문지르고 창틀을 덧대 내 앞에 내주었던 것 같다. 아무도 들어

오지 못하게끔, 단어와 단어들을 열쇠 삼아 시간의 문도 봉쇄시켰다. 해야 할 말이 덜 끝났으니 아직은 들어오지 마세요, 해야 할 말이 끝났으니 이제 제 마음대로 나갈게요, 이런 마음이었다. 어쨌든 필요 이상 자세한 과정들을, 누가 보면 쓸데없는 짓을 한다거나 과하다고 할 만한 일들을 다뤘고 그럼에도 이것들만큼은 내 마음대로 할 수 있다는 게 좋았다. 나에게도 결정권이 있다는 것이, 다른 공간에서 같은 질문을 할 수 있다는 게 좋았다. 빛과 창 사이에 시의 자유가 있었다. 이런 일련의 과정들을 무시하거나 귀찮아하지 않는 이의 특권이었다. 나는 그 안에서 마주하기 힘들었던 문제들과 만나 그것들의 얼굴을 들여다볼 수 있었다. 그래, 많이 뒤틀려 있었구나, 더러워져 있었구나, 지금 나가도, 조금 더 머물러도 괜찮아 다독여 줄 수 있었다.

공간은 때로 이상한 시간을 창출하기도 한다. 공간을 통해 과거의 나, 아직 오지 않았지만 가늠할 수 있는 미래의 나와 만나게도 된다. 나의 더러움과 괴로움, 동시에 지금과는 다르게 살아갈 수도 있을 가능성을 동시에 발견할 수 있는 이곳이 바로 나의 궁전이다. 시의 공간, 혼자 되는 공간, 그러나 입구와 출구가 같아 다시금 들어왔을 때의 입구로 나가야 하는 질서정연한 공간. 궁전치고는 어쩐지 조금 모자란, 그 모자람이 천장과 기둥이 되는 공간. 무섭게 사랑하는 나의 궁전이다.

삼각산

그다지 중요하지 않은 한 시기가
뚜렷하고 촌스럽게 흐르는

삼각산

나를 포기하고 나아가는 건 쉬운 일이다
소진되는 건

단순해지는 건 마구 내달리다 잠에 빠져드는 건 그보다
더 쉬운 일

귀찮게 쌓아 올린 돌탑 같은 일이다

미움도 피곤도 모르는 애인아, 며칠째 눈만 감으면 천장
과 벽과 바닥이 온통 나무로 만들어진 저택이 보여 차가운
나뭇결 쏟아져 굳어 버린 촛농이
한 발 두 발 내딛을 때마다 삐거덕거리는 오래된 계단이
보인다

맨얼굴로 조용히
끓는 빛

애인보다 빨리 솟는 눈앞의

층계

바삐 뛰는 슬픔은 늘

처음같이 낯선데

저것을 오르면 나만의 여름 산 작은 계곡이 펼쳐질 거란

걸 나는 어떻게 이미 알고 있는 걸까

주머니 속 구슬

둥근 촉감

소리를 버린다

빗장을 열고

한쪽 어깨로 나무 문을 민다

잠과 나 사이 눈부시게

꺾어지고

이어지는 산

매일 밤 새로 태어나고

무너지는 산
여긴 너도 없고

나도 없다

거칠고 하얗고 익숙한 풍경 까마득한 정상이 녹아 조금
씩 깎이고 뭉쳐지는 산맥 앞에 서면 왜 눈물이 나지 살과
이슬 크고 작은 선분과 신음들 엎드린 채 지지부진 죽어
가는 모든 걸 어째서 한순간 다 잊게 되는 걸까 싸우는 정
적 온 힘 다한 정지는 대체 언제 알게 된 걸까 처음 이곳에
도착했을 때 이름을 붙여 주었지 mountain이나 やま núi
대신 산
촌스럽게
꺾어진 봉우리 모양대로 지은 <삼각산>

뒤엉킨 언어

반쯤 녹던 발바닥이

사라지는 속도로

어두운

따뜻한

물

소리 없이 흐른다

텅 빈 바위

굳건한 틈

응결된 사랑으로

포기로 가득한 삼각산에 가는 것이 나는 좋았다

◇

기슭에서
한꺼번에 일렁이는 초

희고 둥근 빛 앞에 쭈그리고 앉아
뜨지도
지지도 않는 해를 바라보면
악쓴 것처럼 뜨거워지고
침착해지는 기분

계곡이
분다 눈물처럼

돌탑 위에 같은 돌을
다시 얹는다

조금도 재미있거나
아름답지 않은

반복

서툴게 맞닿은 선분이 꿈도 순서도 없이
산맥으로 향할 때
돌탑 너머 검은 난초가 피었지

애인에게 들려줄 시를 쓰는 동안

소진되는 건 쉬운 일이다

분출하는 건

포기하는 건

기진맥진 반쯤 지워져 입구를 찾는 건 시보다 더 쉬운 일

문고리를 돌리고
어깨에 묻은 눈을 털고
내려온다
발바닥 없이

산 그림자
흐르는 피
차갑고 환한 그늘 속

눈을 뜨면

책상에 아무렇게나 놓인 언어와

난초

애인과 닮은 돌을 버리고 고른다

말없이 자란 애인과

빛

소리가 돌아온다

그다지 중요하지는 않은 한 시기가 뚜렷하고 촌 스럽게 흐르는

책상에 앉는다.

물의 흐름을 가두어 댐을 만들 듯 나의 팔과 다리를
이 방의 가구로 붙박여 고정시키는 일

한낮의 빛을 집중적으로 받는

왼쪽 어깨만 죽이고 삭게 하는 일 그러니까 책상과 의자
를 발명해 처음 사용했던 사람들이, 정교하게 조립된 작은
나무 조각을 사랑한 사람들이 누렸던 것과 같은
  딱딱한

캄캄함을 체험케 하는 일은

내 안의 미개척지를 억지로 보는 일이에요. 제대로기억
나지는않지만나름대로좋은/날들이었지/그날들은쏜살같

이그리고부드럽게/지나가버렸다/그러니대체뭐가중요하겠
어/되돌릴수없담끝/인거지이중/뭐가/날살게하겠어 처럼
얽힌

　덤불을 열어

　얼어붙은 흙밭

　적의도
　호의도 없는 눈동자의
　곰 몇 마리
　돌아다니는

마른 호수 가운데 맨발로 서는 일이다

여기서는 너머의 하늘도 폭포도
흘러가는 구름도 막힘없이 잘 보입니다. 이곳에는 이야

기가 없고

　고통이 없어요.

　곰들은 내 주위에 둥글게 자리 잡고 앉아 서로 쳐다보지
도 않은 채 엉킨 덤불을 씹어 먹고 구름이

　<u>흐르고</u>

　덤불은 빠른 속도로 줄어들고 나는

　그 소리를 듣고 있자니 조금

　외로워져요

　발바닥이 멍한데

　따뜻하다.

여태 찾아오지도 않은 옛날 시간

처음 맞닥뜨린 과거에
느리게

뺨 맞는

깊숙이
어루만져지는

얼척이 없다 곰을 닮았다는 이야기는 들은 적이 없는데
저 곰들에게는 마음을 끄는 냄새도 촉감도 없고 실제 나
를 무너뜨렸던 슬픔보다 거대하며 움직임도 둔하다 나와
말도 통하지 않는데 그나마 기대했던 화도 제대로 못 낸다
그러나 차가운
흙바닥에 두 발을 조금씩 굴려 만든 완전하고 투명한

화가 있는 것은 분명해 곰들
　어깨의 털로 쏟아지는 빛 모양이 캄캄한
　웅덩이처럼

　한낮의 호수 밑바닥처럼 조금씩
　흔들리는 것을

　흔들릴수록 편안해하는 것을 보면 알 수 있다 얼음과
더러운 잎사귀가 섞여 들어간 그것은 잘 깎인

　유리 공처럼 보인다

　얼음은 무리의 발톱에도 깨지지 않고

　체온에도 녹지 않아

개척자를 상관하지 않는
자연같이 곰을 위한

가구같이

　나의 말과 표정은 이 시원하고 아늑한 방 평범하고 불안
한 목재로 만들어진 책상 밖에서 이미 너무 많이 개척되었
고 사람들이 내게 세운 도시로 인해
　얇게 늘어난 피부에 자꾸만 어지러운 철도 자국 구둣발
자국 콘크리트
　바닥 자국이 찍힌다 그럼에도

　책상이 강제하는 자세는 나의
　팔과 다리만이 알 수 있습니다.

책상과 의자는 고통이 없는 가구 내게 호의가 있거나 유
연하지도 않으면서 모든 신체의 어둠을 정확하게
기억하는 이상한 가구

그냥 무시해 버려도 괜찮을 시기의 것이지만요. 오늘 나
는 내려고 합니다 긴 세월 녹지 않고
반짝이며 중심을 유지해 온

화를

만지면 나만 춥고
나만 피곤해지는.
그러나 나만 아는 아주

둥글고 완전한

김복희

완도에서 태어나 2015년 『한국일보』 신춘문예로 작품 활
동을 시작했다. 시집 『내가 사랑하는 나의 새 인간』 『희망
은 사랑을 한다』 『스미기에 좋지』가 있다.

악마와
계약할
사람

악마와
계약할
사람

　만약에 당신께, 누군가, 그러니까 악마—비유가 아니라 정말로—가 나타나서, "당신을 시인으로 만들어 줄 테니 자신과 계약을 하자" 권한다면, 당신은 이 계약을 하실 건가요?

　만약 계약을 하신다면, 당신은 악마에게 무엇을 줄 수 있나요? 시인이 되는 대가로?

　영혼?

　아, 그건 너무 식상하지 않은가요?

가장 소중한 것?

아아, 이건 좀 괜찮겠네요.

당신의 가장 소중한 것이 영혼이 아닐 가능성도 있으니, 잘만 하면 영혼 있는 시인이 될 수 있을지도 모르잖아요. 악마에겐 별 가치 없는 일인 '시인' 되기의 대가로 당신의 가장 소중한 것을 가져가는 것이라니. 이것이야말로 악마다운 거래가 아닐까요? 어쩌면 전래 동화나 고전 문학에서 앞선 계약자들이 보여 줬던 대로, 악마가 당신의 소중한 것을 가져가고 나서야 당신은, 당신에게서 사라진 것이 가장 소중한 것이었음을 깨달을 수 있을 겁니다. 그래도 상관없으시니 계약에 응하시는 것이겠지요? 아, 이 계약은 불가역적인 것이므로, 당신은 절대로 소중한 것을 되돌려 받을 수 없다는 것도 앞선 계약자들 사례에서 충분히 인지하셨으리라 믿습니다.

뭐, 다 상상일 뿐이지만요.

상상은 의외로 힘이 셉니다.

본론으로 들어가겠습니다. 시를 쓰는 방법 중 하나로, 저는 당신께 악마와의 계약을 제안합니다.

정말, 계약을 하시겠어요? 성급하게 굴지 마시고, 계약 전에 계약 사항을 꼼꼼히 다시 보세요. 계약 내용이 너무 악마적이진 않습니까? 괜찮겠습니까?

"당신을 시인으로 만들어 주겠다"라는 이 말. 너무 추상적이잖아요. 정말로 악마다운 제안이 아닌가 싶습니다. 도대체 어떤 시인으로 만들어 주겠다는 건지, 도통 알 수 없게 해놓았잖아요. 가장 소중한 것을 가져가고 이루어 주는 소원치고 너무 대충대충 아닌가요? 악마가 알아서 잘해 주겠거니, 악마를 믿으면 되겠거니, 하고 넘어가서는 안 됩니다. 믿을 상대를 믿어야지요. 악마가 괜히 악마가 아니란 사실을 잊지 마세요. 악마에게 공정함이나 상식을 바라서도 안 되고요—애초에, 상식적인 악마라면 난데없이 당신에게 시인을 만들어 주겠다느니 운운할 리도 없지 않겠습니까.

시인이 되고자 하는 것은 당신의 은밀한 바람이나 소원

이었다고요? 아니, 그걸 아무한테도 말하지 않았다고요? 그런데 악마가 나타나서 그걸 이루어 주겠다고 했으니, 당신이 얼마나 간절했겠느냐고요? 알겠습니다. 알겠어요. 자, 일단, 물 한 잔 하시고 진정하세요.

계약하기로 이미 마음을 먹은 듯 보이지만, 아직 계약하지 않은 당신, 그렇다면 "어떤" 시인이 되고 싶은지 구체적으로 상상하시고 계약 내용을 당신께 유리하도록 수정해 보시면 어때요? 악마와의 계약을 만만히 봤다가는 큰코다치므로, 아주 섬세하게 상상하셔야 할 겁니다.

먼저, 당신이 생각하는 시인이 어떤 존재인지 떠올려 보세요. 시인은 당연히 시를 쓰는 사람을 의미할 것이지만요. 시를 얼마나, 어떻게 쓰는 사람이 시인일까요. 천차만별입니다. 일평생 단 한 편의 시를 쓴 사람도 시인인가요. 일평생 수천 편의 시를 쓴 사람이 시인인가요. 어떤 특정 시기, 그러니까 한 십여 년 동안 수백 편을 쓴 다음 사는 내내 다시는 시를 쓰지 않는 사람은 어때요. 그 사람도 시인은 시인인가요.

당신이 생각하는 시인은 시를 도대체 얼마나 쓰는 사람인가요? 쓰는 기한에 대해 약정할 수 있다면요. 죽을 때까지 쓰는 것으로 하시겠어요? 아니면, 어느 특정 시기에 몰아서 쓰는 것으로 하시겠어요?

　그런데요. 여기서 놓쳐서는 안 되는 사실이 하나 더 있죠. 시를 쓰는 것과 시를 발표하는 것, 그러니까 쓰는 것과 읽히는 것은 별개의 사안이기 때문입니다. 시를 쓰는 사람이 시인이라고 넓게 정했다고 칩시다. 그런데 쓴 시를 발표하지 않는 사람은 시인이 아닌 걸까요? 저는 아주 소수의 사람들에게만 자신의 시를 보여 줬던 에밀리 디킨슨을 떠올리고 있습니다. 에밀리 디킨슨의 시들은 그의 시를 사랑하고 아꼈던 그 소수의 독자들 덕분에 어찌어찌 우리에게 닿았지요. 하지만 여전히 서랍 속에 혹은 관 속에 들어가 버린, 우리가 읽지 못한 많은 시들도 저는 떠올려 보고 있습니다. 쓰였지만 읽어 주는 이가 없어서 사라져 버린 것들이요.

　전혀 유명해질 가망이 없고, 읽어 주는 이가 하나도 없더라도, 죽을 때까지 시를 쓸 수 있는 시인이, 당신은 되실 수 있겠습니까? 악마와 계약을 한다는 것은 이런 고독의 가능성까지를 포함해서 말하는 것입니다.

　이런 시인 되는 것에는 흥미가 없으신가요. 그럼 동시대 사람들에게 널리 읽히는 시를 쓰는 시인이 되어 볼까요. 편의상 '유명 시인'이라고 명명해 볼게요. 어디 한번 상상해 봅시다.

　발표하는 시마다 세상의 많은 사람들이 읽고 평을 하는, 유명 시인이 되는 겁니다. 세상의 많은 사람들이 시를 그렇게까지 읽을지 어떨지…… 잘 모르겠지만, 악마는 어쩐지 세상 모든 이가 글을 몰라도 당신의 시만큼은 반드시 읽는 분위기를 조성할 수도 있을 것 같습니다. 그런데 이 세계에서 당신은 너무 유명해져서, 연예인처럼 사생활이 전혀 없는 삶을 살게 될 수도 있습니다. 수많은 사람들에 둘러싸여 살아가며, 시는 계속 써야 하고요. 아니면 평생에 걸쳐 단 한 편만 쓴 후, 그 시로 유명한 시인이 되는 것을 이뤄 달라고 할 수도 있고요. (와중에 당신에게 가장 소중한 것이 무엇이었는지 틈틈이 생각해 보는 것도 잊지 마세요.) 하지만 너무 유명해진 나머지, 유명세를 감당해 내느라 악마가 당신에게서 뭘 가져갔는지 모를 수도 있겠네요.

그런데 저런 식의 유명함은 너무 막연하니까, 조금 구체화시켜 보겠습니다. 악마가 당신을 권위 있는 문학상을 수상할 정도로 유명한 시인으로 만들어 주는 것 정도면 당신의 가장 소중한 것을 주고 시인이 될 수 있겠습니까? 이런 경우, 연예인 정도는 아니지만 적당히 책임감 있는 시인으로서, 그리고 세상의 많은 일에 발언을 요청받는 시인이 될 가능성이 높습니다. 그러다가 테러를 당할 수도 있고요, 본인이 테러를 할 수도 있습니다. 바쁜 일정을 소화하느라 심신의 균형을 잃을 수도 있지요. 알 수 없는 일입니다. 사실 시인이든 아니든 인간의 목숨은 언제나 위협받는 것이므로 특별히 유명 시인이라고 해서 목숨을 더 위협받는 건 아니라고 말할 수 있으니까요. 악마라면, 이런 걱정을 아주 대수롭지 않게 생각할 듯싶네요. 당신이 원하는 시인이 되게 해줬음 됐지, 목숨까지 돌봐 줘야 하느냐고 빈정댈 것 같네요.

도대체 대관절, 시인이 뭐기에 당신은, 당신의 가장 소중한 것을 주고, 시인이 되려는 것이지요? 이제 소중한 것을 생각해 볼까요. "소중한 것"이라고 했습니다. "소중했던

것"이 아니지요. 그게 무엇이든 잃고 나서도 그건 당신께
계속 소중할 거란 뜻입니다.

인간성을 잃으면 어떻게 될까요. 시인이 됐는데, 아주 아
름답고 멋지고, 독자들의 심금을 울리는 시를 쓰는 대신,
타인에 대하여 전혀 이해하지 못하고 상상하지 못하는, 오
만하고 나약한 악인이 된다면요? 그래도, 시인이 되시겠어
요? 소위 말하는 악마적인 시인이 되기를 추구한다는 점에
서, 오히려 환영인가요?

목숨을 잃으면 어떻게 될까요. 아, 당신의 목숨 말고 당
신의 시인 됨을 위해 누군가의 목숨이 사라지는 거예요. 당
신과 친밀한 관계가 아닌 이의 목숨이라면 괜찮다고요? 정
말로 그렇게 생각하세요? 괜찮으시겠어요? 그렇게 시인이
되어도?

시를 잃으면 어떻게 될까요. 악마가 이루어 주지 않았다
면 쓸 수 있었을 당신의 시 말이에요. 그 많은 미지를 악마
가 가져갔다면요? 소중한 것이 반드시 단수를 의미하지는
않잖아요. 특히 무정형의 것이라면. 한 인간이 시인이 되기

위해서 온 우주의 주의가 필요한 것은 아니겠지만, 적어도 한 인간의 생애는 필요할 겁니다. 그 인간의 생애와 관련된 인간들의 생애도.

그것까지도 미지라는 이름을 붙여, 악마가 다 가져가는 거예요.

시인에게 미지의 영역이 있다는 것, 그것을 의식한다는 것은 늘 꺼질 듯 꺼지지 않는 불씨를 안고 사는 느낌과 비슷합니다.

불씨가 꺼질지도 모릅니다. 불씨가 갑자기 커질지도 모릅니다.

시 같네요. 도대체 시인은 미지를 어떻게 하고 싶은 걸까요?

이 질문은 애초에 미지를 상대로는 성립조차 되지 않는 질문이기에 자조적이기까지 합니다. 알 수 없는 것, 대상화할 수조차 할 수 없는 '것'을 상대할 수 없는 노릇이니까요.

그저 불씨를 엉겁결에 맡았는데 그걸 어떻게 해야 할지 몰라 계속 품은 채 돌아다니는 기분일 겁니다. 미지를 지켜야 하는지, 미지를 버려야 하는지, 시인은 이러지도 저러지도 못하고 미지를 품었다는 기분으로 살아갈 겁니다.

예를 들어 한 시인이 자신이 품은 미지에 대해 너무 연연하지 않겠다고, 잠시 쉬겠다고 기껏 시간을 내서 먼 곳으로 떠나왔는데, 별수 없이 미지에 계속 시달리는 일이 일어나는 겁니다. 정말 곤란한 일이 아닐 수 없습니다. 차가운 바닷바람과 볕이 아침을 빚는 곳에 와서 상쾌하다는 감각을 가늠하기도 전에, "북서풍이 18시간 안에 불 예정입니다"라는 예보를 듣자마자, 반사적으로 타오르지 않을 불씨를 걱정하는 시인을 좀 보세요. 정말 왜 저러는지 모르겠습니다.

그러나 시인은 미지를 품은 채 생각할 수밖에 없습니다. 불씨를 품고 실내로 들어가야 하는 것인지, 실외에 서 있어야 하는 것인지, 바람을 등지고 서야 하는 것인지, 바람을 바로 보고 서 있어야 하는 것인지 고민합니다. 불씨에 휘둘리느라 지금 자신이 어디에 있는지도 모를 겁니다.

김복희

아, 미지를 생각하는 것. 마치,

시인이 시를 생각하는 것과 같네요.

시인은 또, 이런 생각을 할지도 모르겠습니다. 낯선 곳까지 와서도 미지는 나를 성가시게 하는구나. 내가 원하는 것은 불씨와 잘 지내는 것뿐인데, 이 미지와는 말이 통하지 않는구나. 시인은 바람의 방향을 가늠하며 등을 숙여 나름대로 불씨를 보호합니다. 불씨로부터 자신을 보호하는 것인지도요. 가끔 코앞에 불이 붙은 듯 눈이 매운 날이면 그것이 시인을 태우고 있다는 것은 알겠는데, 실제로는 무슨 일이 일어나고 있는지 너무 늦게 아는 바람에 우왕좌왕하기를 반복합니다. 겁이 나서 사고를 치는 거죠. 어찌어찌 사고를 수습해 놓고 나면, 몸이 상하거나 인간관계들이 상해 있습니다. 그런 식으로 한 번 커졌던 불씨는 시인의 어느 부분을 태워서 시인을 가볍게 만드는 걸까요. 그런 생각을 해보기도 합니다. 시인이 품은 미지인데, 그러니까 시인이 품고 돌보는 불씨인데 시인은 자신의 미지가 저지른 일에 대해서 거의 기억을 하지 못합니다.

빛 같고 냄새 같고, 연기 같고, 재 같고, 찰나 같은 미지
가 여기 있다.

퍼뜩 정신을 차리고 보면 이미 일은 일어난다.

현재인 것, 오로지 현재이기만 한 것이다.

저는 저 세 문장이 시인에게 있어 미지의 속성이라고 파
악해 두고 있습니다.

그러나 아시나요. 현재에만 속한 이는 어디에도 없는 이
라는 것을.

미지는 시인이 있으면 시가 될 수 없거든요. 미지는 시가
되고 싶어서 시인을 자꾸 태워 없애려 시도하나 봅니다. 시
인이 활활 잘 타야 시가 잘 되니까요.

악마와 계약한다는 것은 이 미지를 잃어버리는 일과 유
사할지도 모릅니다. 어차피 당신의 가장 소중한 것을 당신
이 고를 수 없지만요. 악마가 알아서 가져갈 겁니다.

충분히 생각하셨나요? 어때요? 계약하시겠습니까?

이대로 멈추어라, 라고 말할 수 있는 자신이, 당신에게 있습니까? 당신은 시인입니다. 누구도 원한 적 없는 것을 만들어 내시겠지요. 그런데 그것을 당신의 의지라고 말할 수 있겠습니까?

＊여기까지 읽은 당신께, 다음과 같은 초고 쓰기를 제안합니다.

당신이 생각하기에 당신의 가장 소중한 것은 무엇인가요? 소중하지만 잃어도 괜찮은 것, 소중하기에 잃을 수 없는 것으로 분류해 서술해 보세요. 1,000자 미만으로요. 하루에 다 쓰지 못해도 좋습니다. 최소 일주일 기한을 두고 써보세요. 그렇게 써 내려간 것이 앞으로 당신 시의 미지이며, 당신 시의 초고가 될 것입니다. 다 쓴 것(혹은 쓰다 만 것)을 완고의 형태가 될 때까지 매일 읽어 보세요. 그 안에서 충분히 헤매시고 계속 수정하세요. 시를 쓰는 가장 좋은 방법 중 하나는 나의 가장 소중한 것들에 대해 써보는 것입니다. 소중한 게 없다고요? 그럼 소중한 것을 만들어 보세요. 악마가 오기를 기다리지 말고요.

Poem

_____

무주지

죽음이 우리를 갈라놓을 때

무주지

빛이 있는 곳에

그림자를 두라

빛이 시작되는 곳과

빛이 희미한 채로 도달하는 곳, 빛이 거의 없는 듯 보이
는 곳에도

그림자를 두라

그림자가 통과하지 못하는 곳, 그림자가

절룩이는 듯 빛에 베인 듯

흐르는 곳에도

빛을 두라

끊이지 않는 것에

다가가

참여하라

참여하라

반쯤 물이 채워진

유리컵에

빛이 구부러지는 것을

그림자 휘는 것을

보라

일렁이라

죽음이 우리를 갈라놓을 때

자니? 너,

이마도 코도 입술도 괴로워 보여

건드리고 싶어 견딜 수 없는 기분이 들잖아

너를 나는, 오직 나를 위해, 너로 만들고 있지

즐길 수도 누릴 수도 싫어할 수도 없이

나는 네게서 나는 냄새

부풀어 오른 무덤

숨겨 놓은 집을 돌려받을거야

대신

벚나무의 연두색 잎사귀가 얼마나 많은 물을 필요로 하
는지

버스 정류장에 서 있는 너의 귀밑머리가 어떻게 휘날리
는지

너에게 가르쳐 줄 거야

목부터 이마까지 차 있지만 나오지 않는 말도

같이 해줄 거야

김복희   213

하지만 너는 내가 모르는 노래를 하네 이 몸이 새라면

이 몸이 새라면

너는 나를 지고 다니느라 자세가 나쁘지

이마에 툭툭 핏줄이 돋고 가끔

내가 있는 걸 알아차린 듯 어깻죽지나 뒷목을 주무르는데

날지는 못하네

나? 날개,

오직 너를 위한 것

하지만 너의 몸도 오직 너를 위한 것

내가 거칠게 몸부림치고

너의 뒷목을 당길 때 너는 아프지

너는 나를 알고 있지

하지만 너는 내가 모르는 노래를 아네

날개는 새가 아니네

서윤후

1990년 전북 정읍에서 태어났다. 2009년 『현대시』로 작품 활동을 시작했다. 시집으로 『어느 누구의 모든 동생』 『휴가저택』 『소소소 小小小』 『무한한 밤 홀로 미러볼 켜네』와 산문집 『햇빛세입자』 『그만두길 잘한 것들의 목록』 등이 있다. 제19회 〈박인환문학상〉을 수상했다.

나의
젊은 선생님께

나의
젊은 선생님께

선생님, 저는 모호함 속에 주저앉아 있었어요. 중절모의 깊은 어둠 속에서 관객의 기대를 저버리고 싶지 않은 비둘기처럼요. 선생님은 말씀하신 적 있지요. 관객을 놀라게 하기 위해서 가장 먼저 마술사를 감동시켜야 한다고. 깜짝 놀랄 만한 것을 꺼내기 위해서는 반드시 그 어둠을 해찰하고 있는 것을 알아봐야만 했어요. 선생님은 다 아는 듯이 말씀하시곤 했죠. 사람들이 모두 이야기처럼 느껴질 때, 이야기가 너무나도 많이 들어 있는 세상에 살고 있다고 느껴질 때, 저는 자주 망설였어요. 그럴 때마다 선생님은 쓰라고 하셨죠. 무엇을요? 어떻게요? 쓰는 일로 너를 기울여야만 너는 조금 더 견딜 수 있을지 모른다고. 바라본 창밖에는 작은 언덕과 그 위로 솟아난 크레인이 뾰족하게 드러나 있었죠. 의미 없이 식어 버린 찻잔을 만지작거리면서 저는 생각했어요. 울혈이 가득 맺혀 있는 상처에 바늘을 갖다 대는 심정으로요. 터트리면서 나아가는 저의 작은 폭로들을 선생님께 돌려드리고 싶었어요. 이것이 저의 모호함에 대한 대답이라고.

저는 아픔이 창백하게 보일 때까지 건강해지고 싶었을 뿐이에요. 스산한 이른 아침 공원을 열심히 도는 사람들을 선회병에 걸린 양들처럼 생각하지 않게끔 말이에요. 시를 쓰면 좋아지는 것과 나빠지는 것이 항상 엇비슷했어요. 나는 어떤 확률로 그것을 결정하며 쓰고 있는 것일까요. 결국에는 질문이었어요. 질문으로 들어찬 관객 속에서 독백을 시작하죠. 질문에 대답하는 질문, 질문을 틀어막는 질문, 질문에게로 쇄도하는 질문으로요. 그렇게 갈 곳 없어진 질문을 안고 사는 사람들이 시를 쓰는 거라고 선생님은 미간을 찌푸리며 안쓰러운 표정으로 말씀하셨죠. 선생님이 뭉툭한 손으로 쥐고 있던 그 오래된 질문을 저도 받아 본 적이 있습니다. 그 질문에 맺혀 살아가던 시간을 이제 저는 지울 수가 없어요.

서윤후

얼마 전에는 대니 샤피로의 글을 읽었어요. 시가 잘되지 않을 땐, 누군가의 쓰는 이야기 속으로 진입하면 마음이 좀 나아져요. 내 고통이 타자에게도 이미 실현되고 있을 때의 허망함을 있는 힘껏 끌어안는다는 뜻이에요. 샤피로는 자신의 글을 다시 마주할 적에 타인이 되어 보는 일을 권했어요. 그러기 위해서는 반드시 누군가에게 글을 보여 주어야 한다는 말도 덧붙였지요. 내 손을 떠나 버린 것을 다시 마주할 때의 그 수치심과 생경함으로 저는 잠깐 비대해진 저를 비켜 설 수 있었지요. 시를 쓰는 일만큼 읽어 주는 일에도 기울어질 수 있었던 것 같아요. 누군가 나의 시를 음독하는 그 차갑고 냉정한 시간을 지나며, 시를 다 읽고 난 뒤 나에게 하는 말들을 날씨처럼 머리에 얹고 살았던 적이 있으니까요. 그때 선생님은 마치 오래된 것을 발굴해 진품 여부를 따지는 흰 면장갑처럼 제가 심어둔 시 속의 질문을 어루만졌지요. 손에 묻어나는 게 아무것도 없을 때, 이것이 진짜 너의 이야기가 맞느냐고 말했었지요. 슈퍼에서 킨더 조이 하나 훔쳐 주머니에 감춘 아이가 된 기분이었어요. 잘 모르겠지만 어쨌든 이야기를 쓰면 그 안에 무언가가 들어 있는 것만 같다고. 지어낸 이야기든, 내가 피부를 벗겨 꺼내 온 이야기든, 이야기를 계속 두드리는 이야기의 형태로 쓰고 있다고. 선생님이 말씀하신 진짜 이야기란 무엇일까요? 내가 겪은 실화, 내가 들어 있는 주머니, 한 톨도 남김 없이 깨져 버린 무릎, 내 과거에서 유괴한 어린 나, 동대문에 걸려 있는 나의 완전한 이미테이션 같은 것? 기꺼이 나의 시간을 첨벙이며 쓴 것인데도 내 것이 아니라니요?

선생님은 시가 끝에서 오는 것이라고 생각하시나요, 아니면 처음과 멀어지는 일이라고 믿으시나요.

어떤 이야기는 시에 적히는 순간부터 영영 죽어 버리기도 해요. 생생하게 눈동자 속에서 날개를 휘젓고 다니던 이야기더라도요. 어떤 화자는 시가 사라지지 않는 동안에 그 상황 속을 끊임없이 살아 내고요. 어떤 시는 저의 가장 아름다운 작별 인사이자, 어떤 시는 한 번도 만나 본 적 없는 사람에게 쓰는 편지 같아요. 시작과 끝 사이 어디에도 도착하지 않는 이 지연되고 있는 시간이 삶의 연속극이라면요. 선생님은 그러셨지요. 시는 절대 도착해서는 안 된다는 말. 오히려 급정거나 불시착에 가까워야 한다는 말. 그래야만 볼 수 있는 풍경과 삶의 곤궁함, 속도의 진심을 이해할 수 있다는 말. 저는 그것이 이해가 되지 않았어요. 삶이 이렇게 불안함으로 들불을 일으키며 다가오는데, 시에서마저도 헤매야만 한다는 그 운명을요. 사실 믿기지 않았어요. 저는 완전히 내려앉고 싶었거든요. 바닥을 내처 가보아야만 이해할 수 있는 공중이 있고, 공중을 산산조각 내는 쏜살같은 마음을 팽팽히 당기고 있어야 비로소 바닥을 느낄 수 있어요.

선생님은 당장 오늘내일만 쓸 것처럼 말하지 말라고 하셨지요. 사실 그 충고는 값지지 않았습니다. 오늘내일도 해결하지 못하면서 이야기의 미래를 꿈꿀 수 없었어요. 저의 가시거리는 그렇게 불충분했었으니까 꿈 이야기를 하는 것이 재밌었고, 죽음의 후기를 상상하는 일이 즐거웠고, 언어의 정수리 위로 물수제비뜨는 것이 좋았어요. 그래도 조금 더 멀리 가봐야 할 심부름이 있다면 그것은 모호함이었지요. 모호함은 질문이었고, 그 질문에 대한 대답도 모호할 수밖에 없었으니까요. 우리가 서로 모르게 나눈 질문들이 마치 오래된 유원지의 청룡열차처럼 제 속도를 잃지 않지만 느리고 위험하게 반복하고 있다면요. 어찌할 수 없어 내버려 둔 채로 누군가의 추억에서 추억으로 와전되는 운명이라면요. 저는 하고 싶지 않아요. 이 세상에서 가장 난해하고 어려운 질문을 하고 싶었거든요. 제 질문을 쥔 사람의 엎드려 있는 얼굴, 손아귀에 쥐고 있던 안간힘, 바닥과 가장 멀어지려는 까치발의 뒤꿈치를 깨워야만 한다고 생각해요. 제가 그렇게 일어난 적이 있으니까, 아주 늦은 시간이었고 알람이 울릴 만한 시간이 아니었을 때 깨어나 이제껏 횡설수설하고 있으니까. 선생님께 다 말씀드리지 않았지만 저는 꼭 하고 싶었어요. 어제의 시가 오늘의 시를 증언하고, 내일의 시를 담보할 수 있어야 하는 이유. 저당 잡힌 나의 이야기를 빌미로 더 많은 이야기를 갈구하는 시의 목격자가 되는 일을요.

  선생님, 시에 대한 진짜 좋은 방법은 방법을 잊는 법까지 아는 거예요. 잊는 법을 아는 자가 시에 더 오래 남아 있을 수 있어요. 종종 헷갈리지만 저는 복사기 앞에 서 있는 그 고독에 대해 조금은 알고 있어요. 베끼는 마음을, 베끼다가 끝나 버리는 어둡고 건조한 정전기의 시간을요. 과연 더 새로운 것이 남아 있을까? 찾아야 하는 게 아니라 만들어야 하는 것은 아닐까. 제가 새로움에 굶주려 하는 동안 오늘은 얼마나 많은 원본들이 복사되었을까요, 뜨겁게 출력된 사본이 얼마나 빠르게 식어 가고, 나의 시는 가장 완벽한 파본이 되는 일을 하는 게 아닐까. 선생님은 알 수 없으시겠

서윤후

죠. 그곳에 적힌 말들이 모두 누군가 했던 말이라는 것은 참혹한 일이었어요. 다를 수 있는 게 이름뿐일 때 선생님은 무엇으로 빠져나오셨나요. 선생님이 말씀하신 색깔에 대해 생각하며 한 시절을 보낸 적도 있었지요.

우리는 이따금 자신의 색이 무엇인지 궁금해 흰 종이에 베이며 피를 보이고는 했어요. 너는 코발트블루, 너는 진저 브라운, 너는 육계색, 너는 파랑 아니라 블루. 우리가 뒤섞여 있던 강의실은 춥고 캄캄했었지요. 들여다보는 일조차 어려웠어요. 한데 뒤섞여 어두울 수밖에 없다는 것은, 무지개처럼 생생한 경계를 이해할 수 없었다는 것. 서로를 물들이면서 구별되지 않는다는 참혹함을 그땐 알 수 없었어요. 그렇다면 따뜻한 어둠 따위는 없을까. 어둠을 데우려고 하는 무모한 이야기는 없을까. 저는 조용히 자리에서 일어나 강의실을 홀로 빠져나온 적 있어요. 학교 계단 층계참마다 쌓여 있는 푹신한 낙엽을 밟으며, 주저앉은 채로 절망은 하지 않는 한낮 비둘기의 졸음을 지나면서 생각했어요. 색깔을 선점하는 것은 내 안에 들어 있는 빛과 어둠을 재보는 명암의 질문일 거라고. 저의 질문이 너무 식어 가지 않도록 저는 빛을 써요. 빛을 발하고요, 빛이 어둠을 겪게 하고, 빛과 어둠이 서로를 난처해하는 우정을 애써 돕고 있지요.

선생님, 제가 방법을 전혀 몰라서 이렇게 구차한 이야기를 꺼내 놓는 것은 아니에요. 어쩌면 태도가 되고 싶었던 것인지 몰라요. 사실은, 알고 있던 방법을 다 잊기 위해서 이슬을 터는 부지런한 잎사귀가 되려는 것인지도 모르겠어요. 더는 쌓이지 않도록, 내 이야기의 규모를 함부로 가늠하고 능청스럽고 간사하게 이야기를 하지 않을 수 있는 태도를요.

예술은 집집마다 상비하고 있는 공구함처럼 어느 날엔 두서없이 꺼내어 썼다가 수리할 것이 없는 안전한 시간 속에서는 먼지같이 가볍게 잊히는 것이죠. 이토록 무거운 해머와 스패너로 써야 하는 것이 따로 있다면, 저는 시가 늘 송곳이었으면 싶었어요. 십자드라이버로도 돌려 꺼낼 수 없이 깊숙이 침잠해 있는 붉은 녹의 나사거나, 벽 속에서 자신만의 운명으로 비틀어진 못이나, 쏟아져 버린 압정처럼요. 시가 삽시간에 읽는 이를 구석으로 몰고, 자신의 구석과 시의 구석을 화해시키며 급진적으로 넓어지는 세계의 진입로가 좋아요. 선생님이 권했던 시들을 읽으면서 느낀 적 있지요. 선생님은 이 시에서 어떤 자물쇠를 열어 보았는지, 그 시에 묻혀 있던 보물찾기를 어떻게 끝낼 수 있었는지. 찾은 것을 다시 자신의 시에 어떻게 숨기는지 눈여겨본

적 있죠.

요즘 사람들은 공원이나 바다, 숲이 들어 있는 시를 좋아해요. 그런 장소를 자주 쓰고 자주 읽죠. 꾸미는 대로 이야기가 되고, 주어진 것이 이미 너무나 많은 풍경이 공평한 곳이기도 해요. 사람들은 이제 대단한 것을 하고 싶지 않은 듯해요. 다친 적 없이 아프게 된 통증을 만지고, 회복을 조심스럽게 염원하며 걷고 또 걸어요. 걸었던 길을 처음 걸어보는 기분을 갖는 게 더 중요하죠. 그런 이야기가 시가 될 수 있다는 것은 아직 발견되지 않은 고통과 상처가 도처에 널려 있고, 우리는 사랑하며 감염되고, 건강해진 것을 끊임없이 의심하는 회전문 속에 있기 때문이에요. 갇힌 곳에서 누군가의 손자국을 발견하는 기쁨을 나누는 일 같아요. 손바닥만 한 시 안에서. 도착하고 싶지만 그때마다 갈 길은 굳게 닫혀 있다가 다시 열리기도 하니까, 시를 쓰는 일은 도착할 수 없는 운행 일지 같아요. 선생님, 선생님은 가끔 멈추고 싶지 않으셨나요. 오래 쓰고 싶은 마음을 두고 온 적은 없으신가요. 다시 찾으러 갔을 때 이빨 자국으로 가득했던 시를 다시 읽으신 적은 없었나요.

선생님, 그래도 저는 제가 간직한 이야기를 조금은 믿고 싶어요. 속고 싶어요. 사기극이라고 해도 좋으니까, 좀처럼 믿을 수 없는 것을 믿어도 괜찮다고 말하고 싶어요. 그런 이야기는 얼마든지 쓸 수 있다고 선생님은 말씀하셨지만 정작 쓸 수 있는 이야기의 때는 정해져 있는 것 같아요. 그게 무엇인지 알려 주지 않았지만, 내가 의심하고 있는 것들, 그래서 질문으로 교환할 수 있는 것들을 쓰겠다고 다짐한 적 있었지요. 문장과 문장을 쌓다가 한순간에 무너질 수 있도록 한 문장을 빠트려 보는 일, 가장 먼 주소로 제목을 데려가는 일, 묶음 머리에 어울리는 예쁜 브로치를 만드는 게 아니라 이마 위에 얹어 둘 축축한 물수건을 쥐어짜는 일, 끝남과 동시에 다시 시작되는 일을 시 안에서 하고 싶다고 말하고 싶어요. 시라는 직업은 꾀죄죄하고 사나운 마음에 그다지 도움이 되지 않지만요. 저는 종종 깜짝 놀라기도 했지요. 시라는 이변 속에서 삶을 계속해서 투시하고, 삶을 살아가고 있는 나의 갈비뼈와 복사뼈와 쓸개가 어디쯤 있었는지. 통증의 자리로 만져 보지 않고, 회복의 경과로서 나를 지나는 시의 운행 일지는 도무지 끝날 기미가 안 보여요. 꼬리를 장황하게 부풀렸다가도 가장 왜소한 척추를 세워 땅을 긴장하게 만드는 거리의 고양이처럼, 저는

배회하고 있어요. 저를 배회하고 있는 무언가와 고요한 사
투를 벌이면서요.

  선생님은 다 말해야 하는 것이 이 세상에 하나가 있다면
그것은 점원이 건넨 영수증이며, 감열지에 적힌 숫자들도
결국에는 어디선가 열기에 의해 사라져 버린다고 말씀하신
적 있지요. 모래로 쓴 글씨처럼, 바람으로 띄운 행간처럼
저는 시도 마찬가지라고 생각해요. 시라는 자연 속에서 저
는 구조를 기다린 것만 같아요. 하염없이 나를 꺼내 주었다
가 나를 내버리기도 하는 언어에게 영원히 고아이고 싶거
든요. 백사장에 쓴 구호를 끝내 알아봐 주지 않고 흘러가는
헬리콥터 하나, 누군가 돌에 새기고 간 것을 매일 열람하
는 돌 도서관 하나, 예술 없이도 사라지거나 태어나는 법을
누구보다 잘 아는 털북숭이들의 인기척 하나, 유실물 보관
함 그 파란 바구니 속에서 영원히 찾을 수 없게 잠들어 버
린 지난날의 기록 하나, 같은 수중을 호흡하며 바다의 전말
을 그리는 입술 하나, 세상 여기저기에 뻗어 있는 전파 하
나, 딱 하나씩 커다란 가방에 담아 메고 저는 오고 있어요.
가고 있다는 뜻이에요.

선생님은 마치 어딘가에 도착한 사람처럼 편안해 보여요. 그곳에서 도무지 나올 생각은 없고, 저는 아직도 여전히 살아 계신 선생님을 만납니다. 이곳에는 마침표가 있군요, 말줄임표에게도 말줄임표가 필요한 날이 있겠군요, 이 시의 극장에는 영원한 사랑 이야기 하나가 종영하지 않고 있군요, 이 이야기들을 믿는 동안에 선생님은 오시지 않겠구나 생각했어요.

나는 이런 허탕이 좋아요. 나를 빚었던 것은 언제나 모호함과 불일치와 어긋남과 허망함이었으니까요. 생각만으로 그치지 않는 비가 내려요. 비보다 더 차갑고 축축한 것으로 만든 우산을 열고, 시는 계속 가던 행렬로, 시로부터 출발해서 겨우 시에게로 다가가는 횡단 속에서 우리는 만난 적이 있었군요. 방법을 알면 너무 금방 도착하게 되니까 우리는 서로에게 방법을 알려 주지 않기로 한 것이군요. 각자의 뒷모습을 간직하기 위해서 시는 이토록 고요히 들끓으며 변죽을 멈추지 않는군요. 선생님이 이런 것을 알려 주시려고 했다면 저는 알지만 할 수 없는 것들이 적힌 두꺼운 사전처럼, 언제든 열리고 영원히 닫힐 수도 있는 말들의 총합, 아무도 오지 않는 이야기의 조찬 모임이겠군요.

선생님, 이 이야기가 질문으로 느껴지시나요. 아니면 일방적인 대답처럼 보이시나요. 위로가 되고 싶지 않았고, 나의 증명은 더더욱 아니었으면 했어요. 밤하늘을 보려고 가본 곳 중 가장 높은 곳에 올라갔다가 첨탑의 십자가들이 세워져 있는 밤 풍경을 본 적 있지요. 이토록 부실하고 조악한 믿음들. 방으로 돌아와 가득 꽂혀 있는 시집을 바라보며 어제의 부실했던 내가 나를 채근한다고 생각했어요. 그 대화를 기록하고, 운행 일지는 계속되며, 이것은 달리는 중에 딴생각을 하며 선생님께 쓰는 편지. 다시는 만나지 않기를 바랍니다. 이것이 제가 보여 줄 수 있는 최대치의 사랑이에요. 말라 가는 꽃다발, 얇은 봉투, 흘려 쓴 엽서와 선생님이 좋아하는 구움 과자 없이도 저는 이렇게 선생님에 대해 이야기할 수 있게 되었습니다.

선생님, 끝마친 시 너머로 홀홀하게 열린 구멍 속엔 아직도 이야기가 많이 남아 있어요. 달려드는 이야기에 있는 힘껏 물리고는, 그동안 맺혀 있던 말을 쏟아 내는 진창에서 만나요. 오래오래.

고독지옥

미도착

고독지옥

1.

입장은 언제나 고독함
세탁기나 복사기 앞에서의 시간까지도

기다림은 그동안 잘 빚어 온 것
인간은 불구의 마음을 받아 들고는
너무 일찍 자신의 간병인이 되는 일을

2.

이 저수지는 무척 지루하고 볼 것 없는 풍경이지만 언젠
가 있는 힘껏 던진 돌들이 여기에 모두 잠들어 있다

고독한 입장을 이해할 수 있음
사람이 사람에게로 돌아가는 일을 서두름

악몽은 비좁은 통로로서

이를테면 우산을 두고 내린 버스가 영원히 종점으로 돌아오지 않는

비가 그치자 지나온 길이 희미해지는 것

장대비는 금방 삶은 애저녁

사람은 가장 아름다운 반바지

호주머니 안쪽이 가장 늦게 마르는 비밀의 하수

3.

입장은 계속 난처할 수밖에 없음

딱히 아픈 곳 없어 소화제나 처방받았던 환자가 몇 분 뒤 다시 찾아와 진료를 기다린다 의자가 지루해하는 엉덩이 알코올 솜이 마르는 시간보다 빨리 찾아온 통증은

서윤후

기다림도 어쩔 수 없었다는 고독

지켜볼수록 커지는 불길처럼
이 구경거리는 잠든 돌을 깨우는 아름다운 양식
입장은 입장이 되어 가는 순간에도
고독을 쉬어 갈 수 없음

삼각김밥 돌아가는 전자레인지 앞에서도 설익은 컵라면
을 후루룩 삼키는 편의점의 저녁 속에서도
고독은 글피에 다시 오기 위해 허기를 간직함

4.
파쇄기가 파쇄기 속으로 들어가는 생각
다짐의 돌을 물 밖으로 꺼내 오는 생각

호주머니 속에는 젖은 돌멩이가

한 사람이 죽기 위해선 몇 명이나 필요해요?
구해 달라고 고백하는 사랑은 이미 끝난 게 아닐까요?

어쩔 수 없음
고독은 입장을 표명함

미도착

양생 중인 바닥을 갖고 싶다
지금은 도착에 대해 생각 중이니까

기다리는 동안 어떤 무지가 될래?
약속에 늦는 사람은 내 기다림을 완성시킬 수 있다
이것은 불시착일 수도 있고
게워 낼 수 없는 주소일 수도 있다면

천장을 하늘이라 여길 만큼
어둡고 깊은 곳에 나는 먼저 와 있었다
매일 시동 거는 꿈을 꾸고
매일 난분분한 바닥을 짐작했으며
떨어지는 법을 배운 적 없이 추락을 쌓고

들이닥친 빛 한 줌이
내가 누비던 바닥을 훤히 비췄을 땐

내 손바닥 자국을 누더기로 쓴
악인의 얼굴이 그려져 있었다
처음 보는 얼굴이 아니라서
먼저 갈게, 말하고 여태껏 기다리게 된 진동하는 심장

나는 몇 시간째 양생 중인 바닥을 보고 있다
우리 산업의 도착은 콘크리트 재질
끝없는 나락 속에도
콘크리트 입장을 앞둔 사랑의 반죽이 있고
누가 나를 낳았던 깊은 지하에도
휘갈긴 우중충한 사랑이었고

그 후로 나는 도착하지 않는 생각이다

흐드러진 벚나무 보며 걷다가
양생 중인 바닥에 발을 푹 담그고는

서윤후

신발 밑창을 다시 콘크리트 바닥에 긁으며 나아가는
사람의 운세가 되고 싶다
약속에 늦게 나타난 사람에게 이런 이야길 하자
자꾸 머리를 조아리며 미안하다고 말하고
그가 나를 근처 스키야키집이나 우동집에 데려가면
나는 양생 중인 바닥을 잊고 만다
그건 내가 지워지는 재료로 만들어졌다는 뜻

아무도 도착할 수 없는 바닥이 될래?
식당 앞에는 끝없는 줄이
끝없게도

영원과 하루   Eternity and a day

1판 1쇄	2023년 3월 15일
지은이	유계영, 박소란, 백은선, 이혜미, 김선오, 손미, 김연덕, 김복희, 서윤후
펴낸곳	타이피스트
펴낸이	박은정
편집	박은정
디자인	양희재
출판등록	제2022-000083호
전자우편	typistpress22@gmail.com

ISBN   979-11-981886-0-1

타이피스트